(매일이 모험인) 출근로그

(매일이 모험인)
출근로그

유랑 에세이

고급 편

심화 편

에필로그

▶ 입사를 꿈꾸는 당신에게
드리고 싶은 조언

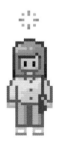

　상냥하게 웃고 만나는 사람마다 인사하세요. 탕비실을 자주 들락거리지 않도록 되도록 큰 사이즈의 개인 컵을 준비하세요. 500ml 정도의 물병도 좋고요. 하지만 화장실을 너무 자주 가도 좋지 않으니 물은 적당히 목을 축일 정도만 드세요. 업무 지시가 애매해도 두 번 세 번 되묻지 마세요. 도저히 감도 잡히지 않는다면 순진한 표정으로 곤란하다는 듯 미숙한 저에게 가르침을 달라는 식으로 청해요. 상사라는 사람들은 대체로 자존감은 낮고 자존심은

센 편이거든요. 어느 화제에도 끼어들어 적당히 말을 얹을 수 있도록 다양한 방면에 손가락 한 마디만큼의 관심만 가져요. 주식 하는 선배나 게임하는 동기, 창가에 화분을 즐비하게 늘어놓고 키우는 옆자리 사람은 어디나 있거든요. 뒷담화에는 적극적으로 끼어들지 마세요. 뒷담화하는 사람과 뒷담화의 주인공은 점심 먹고 같이 담배 피우는 사이일 확률이 높아요. 아침에 양치질하며 알 듯 말 듯 한 미소를 연습해요.

사람들은 말할 거예요. 우리는 가족 같은 분위기에서 서로 가식 없이 의견을 나누며 일을 한다고. 그럼 당신의 가족을 떠올려 봐요. 가식 없이 마음의 소리를 서로에게 내던진다면 식탁을 엎거나 방문을 닫겠죠. 회사는 대부분 가족 같은 분위기예요. 적당히 공기의 흐름을 읽고 표정을 감춰요.

출근의 프로페셔널들은 옷장에 회사용 자아를 걸어두고 잠들어요. 영혼의 솜털까지 완벽하게 가려 줄 최강의 방호복이죠. 가끔 뾰족하게 자란 영혼이 방호복에 구멍을 뚫을 때도 있지만 잽싸게 연차를 내고 가까운 곳으로 여행을 가면 방호복은 저절로 자라나 새것처럼 수리된답니다. 도저히 쉴 수 없다면 신용카드를 써요. 영혼이 출근을 납득할 수 없다면 통장이 납득하도록 하면 돼요. 영혼을 벗어 두고 출근하는 이들도 가끔 있는데 별로 추천하고 싶지 않아요. 너무 오래 자주 벗어 두다 보면 다시 걸쳤을 때 영혼이 무겁게 느껴지거든요. 오십견이나 거북목이 심해질 수 있어요.

하지만 심장은 떼어 두는 편이 좋을지도 몰라요. 알다시피 심장은 불수의근이라 의지로 통제할 수 없잖아요. 출근의 프로페셔널들은 출근하면 바로 심장을 서랍에 넣고 잠가 둔답니다. 먼지투성이 창문 너머 하늘을 올려다볼 때 가끔 둔탁하게 뼈가 아프다면 심장을 다 떼어 놓지 못한 거예요. 괜찮아요. 목숨인데 그렇게 깨끗하게 떼어낼수는 없죠. 그들이 이스타 석상같이 한결같은 표정인 것을 봐요. 얼마나 오래 수련을 하면 저렇게 아무 표정이 없겠어

요. 사적인 것이라고는 아무것도 없이, 가방과 겉옷만 들고
나가면 다시 돌아오지 않아도 상관없을 책상이겠어요.

　아, 물론 오롯한 나를 포기하고 싶지 않은 당신이라면
본연의 모습으로 출근해도 돼요. 물론이죠. 사람들은 보
기드물게 개성 있고 재미있는 사람이라며 당신에게 호감
어린 미소를 보낼 거예요. 새로운 일은 성취욕을 불러일으
킬 수도 있어요. 비록 계속 반려될 확률이 높지만요. 뭘 수
정하라는 건지 알 수 없는 수정사항이 메일함에 계속 쌓
이겠지만 그건 옆자리 출근 프로의 메일함에도 똑같이 쌓
이니 별로 당신만의 문제는 아니에요. 점심시간에 나만 모
르는 옆자리 동료의 새로운 취미생활로 사람들이 다 함께
웃음을 터뜨리겠지만 이제라도 알게 되었으니 상관은 없
죠. 당신이 일을 잘한다면 왠지 모르게 당신에게 일이 몰
려오는 느낌이 들겠지만 상사에게 물어보면 모두가 똑같
이 힘들다고 할 테니 그런 거겠죠. 당신이 일이 서툴다면
점점 당신에게 말을 거는 사람들이 줄어드는 느낌이 들 수
도 있지만 봐요, 회사라는 공간은 일을 하는 곳이니 모두

가 바쁘고 한가롭게 수다를 떨 틈은 없어요. 점점 1인용 유리 온실에 들어가 모니터만 쳐다보다가 퇴근하는 느낌이 들겠지만 당신이 은둔형 외톨이 타입이라면 견딜 만할지도 몰라요. 아니, 외려 바보 같은 대화에 초대하지 않아서 감사하다고 생각할 수도 있어요. 영혼의 추는 점점 내려가 엉덩이가 무거워지고 어휘력은 사라지고 매일 보는 사람들이 계속 낯설게 느껴지죠. 가끔 말을 걸어 주던 상냥한 동료가 누구누구 씨 정말 지치네, 이 정도 챙겨 주면 본인도 노력을 해야 하는 거 아냐, 라는 푸념을 하는 것을 지나가다 들어도 못 들은 척하면 돼요. 일터에서 친구를 찾다니 어불성설이죠. 인생은 원래 외로운 거고, 어른이 된다는 건 독고다이(tokkoutai)의 고수가 되는 거잖아요. 맞아요. 그런 거잖아요.

우리, 괜찮은 거 맞죠?

그의 앞날에
신의 축복이 함께하기를.

▶ 그리하여 용사는 길을 떠났다

    그리하여 용사는 길을 떠났다. 그의 앞날에 신의 축복이 함께하기를.

    퇴근 무렵 버스 안 풍경. 운 좋게 자리를 잡은 사람들이 차창에 머리를 기대어 졸고 있다. 미간을 찌푸리고 입은 벌린 채 얕고도 깊은 잠에 빠져 흔들거리며 어딘가로 향하는 사람들. 놀라운 것은 그렇게 깊게 자다가도 내릴 정류장이 가까워 오면 번쩍 눈을 뜬다는 거다. 술에 취한 사람들을 싣고 달리는 심야버스도 마찬가지다. 들큰하고 고즈넉한 잠이 출렁거리는 버스 속에 잠겨 있다가도 내려야 할 곳은 놓치지 않는다. 그걸 귀소본능이라고 해야 할지, 생존본능이라고 해야 할지 알 수는 없지만.

가끔 생각한다. 흔한 애니메이션 속 이야기처럼 눈을 뜨니 처음 보는 세계에 뚝— 떨어져 있다면. 날개 달린 요정들이 꽃향기를 흘리며 날아다니고 마법사와 모험자가 있고 마을 밖에는 괴수가 살아 종종 사람들을 습격하고 그리고 저 멀리 아득한 지평선 즈음 늘 먹구름이 가득한 하늘 아래 사람의 접근을 허하지 않는 성이 있고 거기에 기껏 현생에서 탈출해 새 인생을 살아 보려는 나를 비웃기라도 하는 듯 종말을 선언하는 마왕이 있는 이른바 이세계(異世界). 비록 나는 지금 레벨 1의 초심자고 가지고 있는 장비도 목검과 양철 방패, 허름한 부츠가 전부지만 지금 내가 나아가야 할 길은 분명하다. 나의 핑크빛 미래를 박살 내려고 하는 저 흉포한 마왕을 무찌르고 세계를 구원하는 일. 현생 탈출—용사 탄생. 지겨운 도서관에서 벗어나 합격 통지서를 받아 들고 설레는 마음으로 첫 출근을 한 바로 당신, 말이다.

저 문 너머에는 슬라임 같은 잡몬을 비롯해 장비 업그레이드가 없으면 해치울 수 없는 숲의 마수, 동료의 지원이 없다면 도저히 깰 수 없는 퀘스트들이 우글우글하다. 분명 이 문까지 올 때의 당신은 세상을 다 가진 듯 의기양양했지만 여긴 차원이 좀 다르다.

아버지는 말씀하셨다. 원래 목구멍에 밥 들어가는 일이 세상에서 제일 더럽고 치사한 일이다. 그리고 세상에 밥 안 먹고 사는 놈은 없다.

포기하려고 할 때마다 눈을 들어 사방을 둘러보면 부러진 목검을 들고 죽여도 죽여도 끝이 없이 밀려드는 슬라임 군단 앞에 숨을 몰아쉬며 서 있는 누군가가 보인다. 아, 물론 짜증 나게 운이 좋아서 벌써 갑옷까지 갖춰 입고 다음 스테이지로 이동하는 잽싼 사람도 있고….

도저히 레벨이 안 올라서 못 하겠어요, 길드에 적응을 못 하겠어요, 왜 다 바보 같죠? 하면서 일찌감치 로그아웃 하고 목장 경영 게임 같은 이세계 전생(轉生)을 다시 감행한 사람들도 있지만.

원대한 꿈을 품었다면 일단 칼은 휘둘러 봐야 하지 않을까, 라고 생각하며 용감하게 문을 연 당신을 위해, 이 장대한 모험기를 바칩니다. 부디 당신의 앞날에 신의 축복이 함께하기를.

용사는 모험을 떠났다!

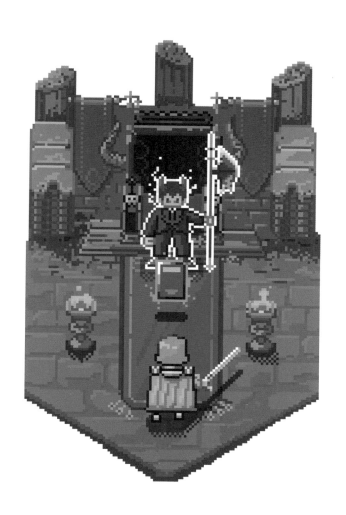

▶ 시작하기 전, 튜토리얼을
클리어하라

생각해 보면 짧다면 짧고 길다면 긴 인생에서 우리는 이미 여러 번 이세계 전생을 했다. 엄마의 자궁에서 끌려나와 엎드리고 배 밀고 기고 옹알이하고 앉고 서고 걷고 한심한 어른들 앞에서 재롱잔치를 하면서 경험치를 쌓고 애정을 획득했다. 뿌듯한 어린애 노릇이 익숙해지려 할 즈음 유치원이라는 이세계로 다시 이동한다. 어른의 애정을 획득하는 것과 동년배 코흘리개들과 친구가 되는 것은 차원이 다른 문제다(당연히 차원이 다르지. 여긴 유치원이라는 이세계라고). 운이 좋다면 사랑 냄새 풍기는 "좋아해~" 감정의 첫 편린을 얻을 수도 있다. 졸리지 않아도 시간이 되면 다 같이 이불을 펴고 자고 좋아하지 않는 음식도 선생님의 '착하지~' 공격에 억지로 먹어야 하고 갖고 싶은 장난감을 양보하는 스킬도 익히며 여기도 이제 할 만하다 싶을 때쯤, 모두 예상했겠지만 학교라는 이세계로 다시 이동한다.

자, 당신이 겪어 온 이세계 전생을 떠올려 보면 사규와 연봉, 복지 사항 등이 적혀 있는 종이 몇 장을 앞에 두고 불편한 정장을 입고 빳빳하게 앉아 있는 이 순간이 얼마나 중요한지 금방 알게 될 것이다. 계약서에 사인하는 순간, 당신은 회사라는 이세계로 진입한다. 이 순간이 오기 전까지는 오로지 이 순간만을 바라며 지겨운 현생을 감내했지만 (어떤 이세계든 익숙해지면 현생이 된다. 참으로 슬픈 일이다.) 눈앞에 펼쳐진 풍경은 상상과 다르다. 마주 앉은 사람은 웃으며 당신에게 기대가 크다고, 앞으로 잘 부탁한다고 말한다. 동시에 그 얼굴은 약간의 지루함과 짜증, 의심을 품고 있다. 눈치챘다면 당신은 조금, 그래 조금 쓸 만하다. 감이 좋은 당신은 느릿느릿 흘러나오는 인사팀장의 말에 귀를 기울인다. 연차, 복지수당, 자기계발 지원, 가족적이고 배려심 넘치는 회사 분위기 같은 달콤한 말속에 출퇴근, 야근, 가끔의 주말 근무, 강제적인 연차 소진, 신입사원이 갖춰야 할 자세 같은 칼날이 숨어 있는 것을 잘 잡아내야 한다. 겸손하고 부드러운 표정으로 몇 가지 질문을 던지는 것도 잊지 말자. 너무 많은 질문은 금물. 초심자 티를 많이 낸다면 앞으로의 모험이 어려워질 수도 있다. 소문은 빠르고 아무도 세계의 질서조차 제대로 숙지하지 못한 생초보와 함께하고 싶진 않을 테니까.

당신은 지금 알몸으로 밀림 한복판에 던져진 불운한 자다. 한 달 뒤에나 통장에 꽂힐 월급에만 눈을 두기에는 가야 할 길은 너무 험하고 사방은 적으로 우글우글하다. 오늘의 동지가 내일의 적이 될지도 모르는 상황에서 당신이 일단 잡아야 할 밧줄은 "세계의 규칙을 이해했다고 착각하는 일"이다. 알겠지만 모든 명문화된 규칙은 실전에서는 허울 좋은 쓰레기니까. 하지만 실전을 논하기에는 당신은 아직 아무것도 모르는 천둥벌거숭이지 않은가. 적어도 이곳에서 인사를 나눌 때 오른쪽 눈을 찡긋하는지 한 바퀴 빙 돌고 이름을 외치는지 정도는 알아야 하루라도 무사히 넘길 수 있지 않겠는가.

회사는 당신에게 몇 가지 규칙을 알려 주고 직무 관련 교육도 시켜 준다. 졸음과의 싸움이지만 여기서 함께 시작한 사람들과 당신과의 차이가 벌어진다. 초심자 시절은 모든 교육에 나름의 가치가 있다. 마주할 위기의 급소를 노리거나 회피하는 노하우까지 알려 주진 않겠지만 적어도 첫 모험에 처참하게 패배할 확률은 낮춰 줄 테니까. 앞으로의 여정을 생각하면 적어도 겉보기에는 평화롭게 보이는 이 독약 같은 시간이 드물게 귀하다는 것을 가여운 당신은 곧 깨닫게 된다.

▶ 나의 무능함을 인정하자

당신이 어떤 직종 어느 규모의 회사에 들어갔느냐에 따라 당신에게 요구된 그들 나름의 인재상은 각각 다른 말로 안내되었겠지만 믿어도 좋다. '사회생활'이라는 커다란 범위 내에서 그들이 당신에게 요구하는 것은 거의 비슷하다. 창의적이고 독립적인 인재를 원한다고 하는 소위 IT 계열의 중소 규모 회사든 조직에 잘 적응하고 규범을 준수하는 예의바른 인재를 원한다고 하는 금융계통 대기업 혹은 공기업이든 사교성이 좋고 모험을 두려워하지 않고 외

향적인 인재를 원한다고 하는 영업계통이든 근본적으로 신입사원에게 그들이 요구하는 것은 '표면적인 요구 조건은 갑옷처럼 잘 둘러 적재적소에 써먹되 내 말은 잘 알아듣고 시킨 대로 하는 싹싹한 막내'다.

예외는 있다. 수천 년에 한 번 신탁으로 점지되어 이 세계에 나타난다는 먼치킨 슈퍼 능력자가 당신이라면 세계가 멸망할 때까지 꽃이 지는 일이 없다는 도원향의 풍경처럼 뒷담화가 가득 핀 정원에서 귀가 먼 신이 될 수 있다. 확실한 실력은, 비록 구설수는 낳을지언정 당신의 입지를 흔들지는 못한다. 하지만 그건 한없이 낮은 확률이다. 대부분의 회사에서 원하는 신입은 적당한 실력에 적당히 겸허하고 적당히 예의바르고 적당히 눈치가 빠른 '중간보다 조금 위' 레벨이다. 이 모든 조건 중 사람들에게 가장 빠르게 증명할 수 있는 것은 실력 외의 인성과 태도다. 실력을 증명하기에는 아직 당신은 사람들의 신뢰를 얻지는 못했을 테니까. 어느 회사에나 전설처럼 내려오는 신입사원들의 사건사고 무용담이 있다. 엔터 한 번 잘못 눌러 멋지게 데이터를 다 지워 버렸다거나 대외비 문서를 회사 앞 카페에 두고 왔는데 본부장님이 그걸 주워 와 팀장 얼굴에 던졌다거나 하는.

당신에게 주어지는 일은 선배의 작업을 보고 적당히 모방하는 단순 작업이거나 모두가 기피하는 지루한 문서 짜깁기 작업처럼 주로 인내심과 끈기만 있으면 할 수 있는 것들이다. 하지만 그런 단순 작업을 하는 당신의 모습을 보며 사람들은 마음속으로 저마다 점수를 매기고 있다. 너무하지 않냐고? 아버지가 하신 말씀을 다시 떠올려 보자. 아버지는 분명히 '더럽고 치사하다'고 하셨다.

일주일 줄게요, 라고 일을 주었다면 주어진 기한을 5일이라고 생각하자. 당신에게 완벽한 일처리를 기대하는 상사는 없다. 다만 무성의한 결과물을 바라지도 않을 뿐. 당신이 완벽을 기하기 위해 주어진 시간을 다 쓰거나 초과하여 쓴다면 남는 것은 그다지 완벽하지도 않은 결과물을 수정하거나 보완할 시간을 팀원들에게서 뺏는 씁쓸함뿐이다. 최선을 다해 꼼꼼하게 일을 하되 괜한 자존심을 내세우진 말자. 당신이 예술가가 아닌 이상 현대 사회에서 협업의 굴레를 벗어날 순 없다. 이제 겨우 '학교'라는 곳을 벗어나 교실에서 배운 것과는 완전히 다른 '실제 일'이라는 생명체를 마주한 당신 주변에는 당신이 막 진입한 이세계가 이미 현생이 되어 버린 피곤하고 찌든 동료들이 있을 뿐이다. 그들에게 야근과 초과 근무를 선물하지 말자. 차라리 모르는 일은 잘 정리해서 물어보고 그래서 한 번 한 실수는 두 번 하지 않는 '똘똘한 신입'이 되자. 모르는 것을 물어보는 일이 자존심 상하는 것이 아니고 같은 실수를 되풀이하는 것이 자존심 상하는 것이다. 잊지 말자, 당신은 막 여기 도착했다. 순수하지만 무능하다. 당연하다.

아 물론, 당연한 것을 당연하게 받아들이지 못하는 악당들은 어디에나 있다. 당신이 추억 보정으로 아름답게 기억할지도 모르는 학창 시절에도 분명히 있었다. 그들은 당신을 비웃고 실수를 크게 떠들고 심지어 없는 말을 지어내 공격하기도 한다. 상처받지 말라는 것은 당신에게 성인을 넘어서 신이 되라는 불합리한 요구다. 다만 이 무능을 당신 스스로가 인정하고 있다면 아마도 그들의 공격은 (거칠게 말하자면) '수양이 덜 된 이들이 아무렇게나 떠드는 것'임을 알 수 있지 않을까? 진심이 아닌 사과를 하며 스스로 상처 입으며 비굴해질 필요는 없다. 도발에 넘어가 발끈하며 사나운 밑천을 드러낼 필요는 더더욱 없다. 담백한 인정과 묵묵한 노력, 아직 느린 당신만이 누릴 수 있는 여유다. 신입 딱지를 떼는 순간 당신에 대한 평가 기준은 갑자기 올라가고 객관적으로 돌아오는 반응들도 가혹해질 테니까. 여기서 마음을 소진하지 말자.

하지만 분한 건 분한 거니… 커피에 침을 뱉는 것은 뭣하고 서늘한 비수는 갈아 두자. 기회는 의외로 금방 온다. 뒷담화 좋아하는 사람을 좋아하는 사람은 아무도 없다. 지금 인싸처럼 보이는 그들은 사실 은따일 확률이 높다. 남의 흠을 찾아내 부풀리고 수군거리는 사람치고 일을 잘하는 사람이 없기도 하고. 회사란 곳은 가혹해서 업무에만 매달려도 숨이 찬다. 그들이 업무 외 분야에 그토록 두

드러진 활약을 하고 있다면 당신에게 복수의 기회는 금방 찾아올 것이다.

　은인자중. 창고를 뒤져 당신이 처음 받은 초심자 선물 상자를 열어 보면 발견할 이 필살기는 오랜 시간이 지난 후 당신이 여기를 떠날 때까지 유용하게 쓰일 기술이다. 밤이면 밤마다 눈에서 푸른 살기를 흘리며 여러 벌의 비수를 갈고 돌―아이의 이름을 돌에 새겨 잊지 않더라도 출근을 하는 순간부터는 마음을 감추자. 당신의 진심은 세계에서 가장 귀한 보물이니 아무에게나 보여 주지 말자.

　어쩌면 그것이야말로 이 후회투성이 세계에서 유일하게 지켜야 하는 것인지도 모른다.

▶ 가끔은 웃는 얼굴에
침을 뱉기도 하지

얕은 바다에서 파닥이며 헤엄치는 물고기의 생존법은 무엇일까. 오후의 차 마시는 시간이 당신에게 허락된다면 한숨처럼 당신이 사유할 화두일지도 모르겠다.

우아하고 조용한 성격이든 활발하고 다정한 성격이든 이세계에서 당신이 갖춰야 할 덕목은 예의바름이다. 잠깐, 여기서 후루룩 챕터를 뒤로 넘겨 중급 편의 모 선배가 면접 자리에서 자조했던 일을 떠올려 본다. 경력 사항을 훑

어보던 면접관이 아쉽지만 이전 회사의 직급보다는 낮은 직급으로 모셔야 할 것 같다고 말끝을 흐리자 피곤한 표정으로 단언하는 그.

"괜찮아요, 사실 전 외국처럼 리처드, 제니퍼, 이렇게 서로 이름 부르며 편하게 일하는 회사 생활을 꿈꾸고 있거든요. 하지만 하필이면 동양의 '동방예의지국'이라 불리는 대한민국에서 직장을 구하고 있으니… 귀사의 기준에 맞춰서 직급은 마음대로 하셔도 되지만 연봉은 희망연봉에 맞춰 주셨으면 좋겠습니다."

그렇다. 당신은 모 선배와 마찬가지로 불운(!)하게도 동방예의지국 대한민국에서 태어나 회사라는 세계로 들어왔다. (그렇게 생각하면 이세계 전생이라고 해 봤자 우물 안 이야기처럼 느껴질 수도 있겠지만 이 우물은 보통 우물이 아니다. 아는가. 우리의 세계는 우리가 인식할 수 있는 범위로 한정된다. 안드로메다에도 취업 전쟁이 있고 학연 지연 유리 천정이 있고 가부장적인 견우에게 카톡으로 이

별 통보를 하는 직녀가 있을 수도 있지만 먼 우주는 사실 세계 인식적인 측면에서는 환상에 불과하므로 당신이 있는 이 우물은 광활하고 아득하다. 정신을 잃을 정도로.) 그러므로 '예의'란 매우 걸리적거리는 의무 조항이다. 당신이 전전해 온 다른 세계들을 떠올려 봐도 늘 '예의'는 불편한 존재감을 드러내며 따라붙곤 했을 거다. 개인 위주의 가치관이 아닌 관계 위주의 가치관이 우선하는 이세계에서 '예의'는 잘 이해하기도, 그리고 다루기도 어려운 기술이다. 꾸준히 레벨 업 해야 하는 이른바 '실력'이라고 하는 것보다 더 귀찮을 수도 있다. '예의'란 상대적이기 때문이다. 객관식으로 살아온 인생에 정답 없는 퀘스트라니, 농담도 정도껏 해야 하지 않겠어?!

투덜거려도 소용없다. 당신은 이미 명절 지옥에서, 교실에서, 학원에서, 심지어 몇 달 사귀다 헤어진 연인에게서 수두룩한 실패를 해 왔다. 그리고 아마 스스로도 몇 번 일갈한 적이 있을 테다. '세상에서 무례한 인간이 제일 싫어!'라고.

무엇이 무례인가, 를 고찰하려면 뫼비우스의 띠처럼 무한히 연결되는 혐오와 좌절의 굴레로 들어가야 하니 잠깐 접어 두고 여기서는 '모두는 아니라도 거의 전부에게 통하는 예의'에 대해 생각해 보자. 잘하면 오늘의 퀘스트를 무혈승리로 이끌 수도 있는 중요한 치트키니까.

　　업무 시작 십오 분 전, 한 잔에 천오백 원 하는 잠 깨기 커피를 결연하게 들고 사무실로 들어선 당신의 눈앞에 미로 같은 책상 무리가 펼쳐진다. 어제 분명히 회식이 늦게 끝났는데 단정한 차림으로 자리에 앉아 있는 팀장님을 비롯, 꽤 많은 사람들이 이미 출근해 고요히 앉아 있다. 사무실 공기는 무겁다. 어제 회식에서 누군가 흑역사를 쓰고 누군가 은밀한 복수를 했다. 흐르는 감정이 차갑다. 이제 당신은 이 삼엄한 공기를 뚫고 여기저기 앉아 있는 사람들에게 인사를 하며 무사히 자기 자리에 도착해야만 한다.

case 1) 생기발랄한 신입답게 입구에서 큰소리로 인사를 할까?

: 파티션 너머로 슬쩍 머리를 든 팀장님이 웃으며

"땡땡 씨, 기운 좋네. 역시 젊어서 그런가."

말씀하셨다. 하지만 숙취로 머리가 무거운 옆자리 선배에게 메신저로 한소리 들었다.

"다들 컨디션 나쁜데 지각하면 안 되니까 겨우 일어나 출근해 앉아 있는 거 안 보여요?"

case 2) 눈이 마주치는 사람들에게만 목례하며 조용히 자리로 갈까?

: 오후에 탕비실에서 팀장님과 마주쳤다.

"땡땡 씨, 아직 신입이니까 출근하고 퇴근할 때 인사는 거르지 않았으면 좋겠어요. 아무리 요즘 친구들이 쿨하다지만 인사는 사회생활의 기본이니까, 알았죠?"

　case 3) 자리에 가서 팀 단톡방에 인사를 남길까?
　: 팀원 2/3의 읽씹(읽고 답하지 아니함)을 당했다.

　case 4) 5초 간격으로 안녕하세요~ 조용히 인사하면서 팀장님 자리로 가 따로 인사한 후 자리로 돌아가 앉는 건?
　: 되돌아오는 인사는 없었고 팀장님도 조용히 고개를 들어 목례했다. 지각하지 않고서도 지각한 것 같은 찜찜함은 없어지지 않지만.

　case 5) 출근하면서 사 온 숙취 해소 음료를 책상마다 돌리고 팀장님께도 드리면 굳이 인사하지 않아도?
　: 어… 이게 뭐죠? 왜… 주시는 건데요?

　아… 고맙습니다. 잘 마실게요. 안 주셔도 괜찮은데….

　매우 부담스러워하는 눈빛과 뻘쭘한 대답이 돌아왔다.

잘 마실게~ 하고 호탕하게 대답한 이는 팀장님이 유일했다.

이 기록들은 당신 이전에 초급자 단계를 지나간 아이디 '현생이지겨워탈출을꿈꿨지종이로맨스만만세' 님의 로그를 참고한 것이다. 답은 없다. 계속 실패하면서 익숙해지는 수밖엔. 다만 당신이 속한 팀의 분위기에 따라 좀 더 호의적인 반응이 돌아오는 경우가 있을 테니 무수히 깨지면서 가능성이 높은 '답 아닌 답'을 찾아라. 이 기술은 '첫인상'과 '호감도'라는, 매우 중요한 척도를 향상시키는 열쇠다.

▶ 소개팅 하는 것도 아닌데, 왜 첫인상은 콘크리트인가요?

어릴 적에 좀 유치한 또래문화에 있었다면 어느 화창한 오후 당신의 등에 "나는 바보 똥개입니다"라는 종이가 붙어 있었을지도 모른다. 시간은 살같이 흘러 덩치가 산만 한 어른 사회에 진입했다고 생각했는데 누가 알았으랴. "나는 바보 똥개입니다"가 귀엽게 보일 만한 '보이지 않는 낙인'이 당신의 가슴에 주홍글씨로 박힐 줄은.

어쩌면 당신은 기억도 하지 못할 아주 작은 일이, 메신저로 회람되고 흡연 구역에서 부풀어 올라 흡사 오늘 점심 식단처럼 모르는 사람 없이(모르는 사람은 또 다른 주홍 글씨 소유자일 가능성이 크다) 퍼져 나간다면 최악의 경우 당신은 '트라우마'라는 영구 데미지를 입고 이번 스테이지를 포기해야 할지도 모른다. 최종 스테이지에서 당신이 마왕의 등에 성검을 꽂고 '이세계 용사'로 완성됐을 때도 트라우마는 당신의 옆구리에서 뜨겁게 피를 흘리고 있을지도 모른다. 매우 운이 좋다면 이후 좋은 동료들을 만날 수도 있다. (이세계에서의 시간은 길고 지루한데 지나고 나면 여름 오후 낮잠처럼 짧고 허망하다.) 수천 년 전 무덤에서 출토한 고문서의 기록대로 '사람으로 생긴 상처는 사람으로 낫는다'. 하지만 왜 사람들이 신년마다 점을 치며 귀인운을 보겠는가. 귀인은 어떤 삶에서는 아예 찾을 수도 없는 희귀템이다. 일단 생긴 '트라우마'는 고질병처럼 달래며 끌어안고 가야 한다. 안 만드는 게 최고지만 그러기엔 당신은 아직 너무 약하고 주변은 잔혹하다. 피할 수 없다면 즐길 수는 없고 감당할 수 있어야겠지.

급하면 찾아보는 모 선배의 로그를 읽어 보자. 단지 연휴 동안 많이 먹고 많이 자서 얼굴이 붓고 흐리게 쌍꺼풀이 생겼을 뿐인데 회사 사람들이 한통속으로 성형수술을 했다고 수군거린다며 울고 있는 후배와 마주하고 난감해하던. 입사했던 날부터 유난히 귀여운 용모로 눈길을 끌었던 후배는 결국 퇴사 후 다른 나라로 떠났다. 순간을 모면하려고 했다면 커피 한잔 사 주며 적당히 위로하고 함께 욕해 주며 회사가 다 그래, 라는 영양가 없는 말로 마무리했을 수도 있겠지만 모 선배는 보았다. 후배의 옆구리가 벌어져 선혈이 쿨럭거리며 쏟아지는 것을. 차마 울지도 못하고 딱딱하게 굳은 얼굴을.

숨을 들이마시고, 모 선배는 말했다. 사람들은 남 말하는 걸 좋아해, 그리고 이 상황은 수습되지 않고 계속될 거야, 무시할 수 있다면 무시해, 하지만 도저히 무시할 수 없다면 떠나는 것도 답이야, 너무 심한 고통을 당연하게 받아들이다 보면 정말 소중한 것이 망가지고 마니까.

그건 스스로에게 해 주는 말이기도 했다. 이미 망가져 버린, 감당할 수 없는 상처를 몰래 손으로 쓸며 결연하게 모 선배는 말했다. 너무 아픈 사랑만 사랑이 아닌 건 아냐, 너무 아픈 모든 것들을 거부할 권리도 있는 거야.

정말 별것 아닌 일들이 방아쇠가 되어 당신에게 치명상을 입힌다. 회식 때 잠깐 말실수를 한 것, 너무 멋진 봄날이라 얇은 옷을 며칠 입은 것, 수줍음이 많아서 아침에 인사를 제대로 못 한 것, 술 좋아하는 선배 비위를 맞추느라 계속 과음한 것, 복사기 사용이 서투른 것, 미처 몰랐는데 슬리퍼를 질질 끌고 걸은 것….

이 작은 불똥이 튀어 정신을 차리면 당신은 온 세상을 집어삼키는 비웃음의 화마에 휩싸여 있다. 미리 말하지 않았나. 어지간한 운이 없다면 피할 수 없다고. 다만 정도를 줄일 수 있다. 당신이 그동안 어떤 사람으로 인식되었는지에 따라 이 행동들은 멋모르는 귀여움이 될 수도 있고, 찐따의 불쾌한 행동이 될 수도 있다.

듣기 좋은 말을 하려면 여기서 쿨하게 개성을 보여라, 고 말할 수도 있겠지만 눈을 감으면 고통스럽게 입술을 깨물며 한마디 한마디 뱉던 모 선배가 떠오른다. 소중한 당신, 너무 아플 필요는 없다. 당신을 아프게 하는 저들이 당신에게 소중한 것이 아니니까. 소중한 것을 지키기 위해 관찰하고 침묵하라. 이제 당신은 당신이 들어선 이 공간의 규칙을 어느 정도 눈치챘을 것이다. 여기에 가장 잘 어울리는, 장삼이사의 가면을 써라. 반투명하고 피부에 닿으면 눈물처럼 서늘한, 당신만의 표정을.

▶ 회사에서 친구를
만들 수 있다고 생각해?

특별한 경우가 아니라면 학교에는 같은 해 같은 날 지루한 입학식을 함께 견딘 동기라는 이들이 있고 그들 중 몇몇과는 시간을 함께 보내며 시답잖은 이야기부터 진지한 청춘 상담까지 나누는 친구가 되기도 한다. 회사라고 하는 곳도 대략 비슷해서 공채로 들어온 경우라면 입사 동기가 있고, 그렇지 않더라도 비슷한 시기에 입사한 비슷한 나이대의 사람들이 있다(물론 운이 나쁘다면 팀의 유일무이한 막내가 되는 경우도 있지만). 개인차가 조금은 있지만 엇비슷하게 일이 낯설고 사람이 어려운 이들에게 쉽게 동질감을 느끼는 것은 당연하다. 당신은 아마도 다정한 사람일 테니까. 사람이 한데 모여 오랜 시간을 함께 보내는 곳이라면 늘 존재한다는 전설의 '돌-아이'는 아마 당신의 회사에도 있을 테고 당신과 당신의 동기들은 아마 커피를 마시다가 담배를 피우다가 점심을 먹고 산책을 하다가 누가 먼저랄 것도 없이 짜증을 내며 그의 이야기를 하며 스트레스를 풀 수도 있다. 처음에는 모두에게 똑같은 고통일 초심자 '업무' 퀘스트를 깨지 못해 메신저로 공략 팁을 활발하게 논하기도 하고 매일 빠짐없이 수행해야 하는 '일상' 루틴을 잊지 않도록 서로에게 알림이가 되어 주기도 한다. 당신이 어느 날 흡연 구역에 나가 멍하니 하늘을 바라보며 줄담배를 피우거나 밥을 씹는 건지 돌을 씹는 건지 분간이 되지 않는 점심시간을 견디고 있다면 당신 책상 위에 시원한 커피 한 잔을 내려놓거나 좀 더 적극적인 이라면 '퇴근하고 한잔 콜?' 하며 말을 걸어 주기도 할 것이다. 당신이 지나가고 있는 시간이 아프고 버거울수록 그들은 목구멍 속에 마지막으로 남은 산소처럼 귀하고 달콤한 구원이 된다.

　　모든 인간관계가 그러하듯 여기에도 길게 남을 인연은 간혹 있어 아직은 상상이 잘 되지 않는 어느 중급자 혹은 고급자의 동료 목록에 이름을 남길 이도 있을 수 있으나 참, 희한하지. 인연은 물보다 빠르게 휘발되고 인맥은 어찌어찌 남는다, 당신의 노력에 따라.

　　매우 내성적이었던 모 선배의 로그를 뒤져 보자. 서로가 서로에게 호기심만 많아 아무렇지도 않게 간격을 무시하고 가까이 오는 소위 '가족적인' 회사 분위기를 꾸역꾸역 견뎠던 그이는 아무렇지도 않게 툭툭 던지는 사람들의 말 하나하나에 상처를 입을 만큼 심각한 우울장애를 앓다가 어느 날 도망치듯 퇴사했다. 하지만 용기가 없어 팀 단톡방을 나올 수는 없었다. 단톡방 유령으로 살기를 몇 개월, 그이에게 "사회생활 그렇게 하는 것 아니다. 이 바닥 좁다. 언제 어디서 마주칠지 모르는데. 이 단톡방의 사람들 하나하나가 너의 재산이다. 누가 촌스럽게 진심으로 대하냐. 그냥 인맥으로 생각하고 매끄럽게 관계를 유지하는 것도 못하냐."라는 '충고'가 날아들었다. '충고'한 자는 아마 단톡방에서 아무 말도 하지 않고 구석에 조용히 숨어 있는 그이가 못마땅했을 수도 있고 어쩌면 그이가 진정 걱정이 되어 '사회 선배의 오지랖'을 부렸을 수도 있다. 하지만 그이에겐 퇴사하고 서서히 도망치고 있던 어느 '관계'들이 사실 전혀 사라지지 않았고 되려 뒤에서 음험한 뒷담화의 아가리를 벌리고 자기를 집어삼키려고 덮치고 있다는 생각밖에 들지 않았다. 이후 몇몇 회사를 전전했지만 어디에도 마음을 붙이지 못했고 결국 회사를 떠나 혼자 할 수 있는 일을 찾아 재택 근무자가 되었다. 그이의 트라우마는 의외로 깊어서 회사뿐 아니라 단체 생활 전반을 믿지 못하게 되었고 너무 아파서 위로와 이해만을 갈급한 나머지 연애조차 실패하고 말았다. 보기엔 조용하고 편안해 보이지만 아무도 믿지 않고 안으로만 파고드는 그이는 그렇게 이세계에서 최종 스테이지를 클리어하지 못하고 다른 세계로 전생하고 말았다. 전생 전 그이는 자신의 로그를 열어 열람 권한을 '모두'로 바꾼 후 로그

마지막에 한마디를 덧붙였다. "회사에서 친구를 만들 수 있을 것 같나요?"

　　당신과 당신과 또 당신, 당신들은 물 위에 뜬 푸른 기름처럼 회사에서 이질적인 존재다. 남과 다른 존재가 되는 것이 불편하다는 것쯤은 당신이 이미 이세계 전생 전 거쳐 온 수많은 세계들에서 교훈으로 얻었을 터. 당신들은 최선을 다해 지금 당신들을 밀어내고 있는 물속에 녹아들려고 하고 있다. 하지만 기름 분자들도 조금씩 성분이 달라 누군가는 빠르게 녹아들고 누군가는 더디 녹아든다. 당신의 책상 위에 놓인 커피는 격려이기도 하고 위로이기도 하지만 죄책감이기도 하다. 관성일 수도 있고 최악의 경우엔 걸치레일 수도 있다. 당신이 술잔 위에 고꾸라져 눈물과 한숨으로 쏟아낸 이야기들이 탕비실에서 화장실에서 떠돌 수도 있다. 말을 전한 사람이 나쁘다고? 아니, 비밀을 지키지 못한 당신이 나쁘다. 어떤 분위기에 들떠서 당신의 이야기를 입에 올린 사람은 당신에 대한 악감정이 전혀 없을 수도 있다. 의도 없는 가벼움이, 당신을 이해해

줄 것만 같은 묘한 분위기가 그에게 당신을 변호하고자 하는 마음을 불러일으키고 당신의 상처를 대신 토로하게 할지도 모른다. 하지만 우리 모두 알지 않나. 그건 그만큼 그 관계가 허무하기 때문에 가능한 일이다. 우리가 서로에게 진심이라면 분위기에 휩쓸리기 전에 상대의 입장을 소중하게 생각할 테니까. 결국 그 정도밖에 안 되는 관계라고 말한다면 당신은 내게 너무 잔인하다고 말할까.

　나는 장비 보관함을 열고 내가 이세계에 전생할 때 처음 손에 쥐었던 목검을 어루만진다. 손때가 묻어 반들반들해진, 이젠 어디에도 가지고 나갈 수 없지만 차마 버릴 수 없는. 이 목검이 손바닥에서 헛돌 때가 있었다. 손에 익지 않아 자주 손바닥에 물집이 잡히고 되려 내 손에 상처를 입히던. 익숙해질 만해지자 철검을 장만할 여유가 생겼고 무엇에 쫓기기라도 하듯 얼른 새 장비로 갈아탔다. 성과를 내야만 했으니까. 겨우 익숙해진 목검으로는 매일의 전장을 돌파하기 어려웠다. 목검을 보관함에 넣고 자물쇠를 잠글 때 약간 뭉클한 감정이 들긴 했지만 내게는 매일 일정한 시간에 시끄럽게 울리며 현관 밖으로 나갈 것을 재촉

하는 지독한 사정이 있었다. 그렇다. 우리에겐 악의가 없다. 우리에겐 다만 나름의 사정이 있을 뿐.

아주 오랜 시간이 흐른 뒤, 은행잎이 휘날리는 어느 거리에서 우연히 만나 서로의 늙은 얼굴에 깜짝 놀라며 헛웃음을 터뜨리고 아무 일도 없었다는 듯 명함을 교환하고 헤어지겠지. 누군가 한 명이 한가하거나 싱숭생숭하다면 연락해 술 한잔 정도는 할 수도 있겠지. 하지만 그건 인연이 아닌 인맥. 머릿속 잘 정리된 명함첩에 꽂힌 '지인'. 한숨을 쉬며 장비 보관함을 닫듯 그렇게 추억 보정으로 미화된 기억을 꺼내 음미하고 돌려놓는 일.

지금의 당신에게는 상상이 되지 않을 수도 있겠지만.

너무 쉽게 진심이 되지는 말자. 그렇다고 너무 쉽게 모든 걸 의심하지도 말자.
쉬운 믿음보다 나쁜 건 쉬운 의심이다. 그냥… 눈앞의 그이는 바로 당신이다.

당신은 그에게 얼마나 진심인가.

▶ 그들의 왕년은 당신의 오늘이야

보고서를 제출할 시간은 다가오지만 모니터에 광활하게 펼쳐진 ppt 화면을 보고 있노라면 막막하다 못해 공포가 느껴진다. 백 년의 겨울을 지나 비로소 세상에 내어놓을 걸작을 완성할 것도 아니면서 ppt 한 면을 채우는 일이 이렇게 버겁고 괴로울 줄이야. 학교 다닐 때는 제법 우등생 소리도 듣던 당신이기에 시간이 흐를수록 조급해진다. 옆자리 선배는 아무렇지도 않게 몇십 장짜리 문서를 뚝딱 만들어내는데 당신이 만든 문서는 내용도 부실하고 정돈도 되지 않아 발표하면서도 주눅이 든다. 회의실은 고요하다. 사람들은 모두 감정이 담기지 않은 눈으로 스크린에 띄워진 당신의 문서를 바라보고 있다.

　　아, 창밖에 첫눈은 왜 저리 예쁘게 떨어지는지. 발표를 마치고 자리에 앉은 당신의 눈엔 회의실 밖 풍경만 보인다. 이곳만 아니면 어디든 가고 싶다. 문제는 이 회의만이 아니라는 거고, 이 발표 자료만이 아니라는 거다. 당신이 하는 모든 일은 아무리 반복해도 낯설고 아무리 노력해도 엉망이다. 어느 날 텅 빈 사무실에서 보고서와 씨름하다가 당신은 문득 뜨거운 얼굴을 팔에 파묻고 책상에 엎드린다. 금요일 저녁, 사무실엔 아무도 없다. 누구도 당신에게 야근하라고 하지 않았지만 당신은 오래전부터 학습해 온 '노력은 성공의 어머니'란 진부한 문구에 생각보다 질기게 사로잡혀 있음을 깨닫는다. 열심히 하면 할 수 있다는 믿음도 점점 희미해진다. 이제는 '신입사원이라 잘 몰라요'라는 변명을 하기에는 애매한 시간을 이곳에서 보냈다. 이제 성과를 내야 한다. 슬슬 실력을 보여 줘야지, 라고 미소 짓는 팀장님의 얼굴이 무섭게 느껴진다. 저 미소 뒤에 무엇이 숨어 있을까. 몇 번의 세고 약한 뒤통수를 맞다 보니 당신은 이제 인간 불신을 앓고 있다. 무엇보다 괴로운 건 이렇게 못난 당신을 용서하지 못하는 '당신'이다.

　　당신이 마른 눈물을 억지로 삼키며 다시 키보드를 두드리기 시작할 때 모 선배는 길에서 커피 한 잔을 사서 거리를 걷고 있다. 광장의 음유시인이 노래한다.

　　　　세계는 녹슬고 있었나 보다
　　　　부식의 기미가 곳곳에 흩날린다

　　　　벌레 먹은 햇빛이 창궐하던
　　　　옛 계절도 이보다 심하진 않았다

　　　　사람들이 간밤에 띄워올린 꿈의
　　　　시체가 도로 낙하하는 것일까 대체
　　　　꿈이란

도무지 무거운 것이어서

증발할 줄도 모르고

지붕에 미처 걷지 못한 빨래에

머리카락에 담장 위로

가루 흰빛으로 들러붙어

얼룩이 되고 있다

내장이 토하는 탄성이

곳곳에서 냄새를 피우고 있다

빛나는 입술이 색을 문질러

허공에 닿고 있다

　　　　　　　—이용임, 「십이월의 눈 무의미의 창」 부분

　　　　　　　　　　(『시는 휴일도 없이』, 걷는사람, 2020)

모 선배는 당신이 머무는 사무실의 불빛을 흘깃 올려

다본다. 흡사 여름밤 늪지대에서 반딧불을 보는 것처럼 모 선배의 눈이 흔들린다. 하지만 별생각 없이 코트에 쌓인 눈을 툭툭 털며 그는 걸음을 옮긴다. 너무 애쓰지 말아요~ 노래 한 줄기가 입술을 비집고 흘러나온다.

애쓴다. 그런데 애쓴다고 되냐?

모 선배는 오늘 있었던 고객 미팅을 떠올린다. 현황 분석과 전략 제안, 마케팅 플랜까지 꾸역꾸역 오십 장이 넘는 문서를 만들어 발표했지만 지루하게 하품하던 그 젊은 대리는 퉁명스럽게 말했다. 그래서 새로운 게 뭐죠?

아직 이세계의 신참인 당신은 모르는 불문율이 있다. 초급자에서 벗어나 모험자 레벨이 되면 찾아갈 수 있는 '신비한 것처럼 보이지만 사실 아무것도 아닌 숲 한가운데 그냥 수령이 오래된 나무'에 누군가 칼로 새겨 놓은 문구다.

하늘 아래 새로운 것은 아무것도 없다.

울컥하는 감정을 다스리지 못하고 새긴 것일까, 깊이 새겨진 글자는 거칠다. 글자에서 피가 배어 나오는 것처럼 보이기도 한다. 당신이 이 세상에서 가장 무능한 사람인 것처럼 초라한 자신을 부둥켜안고 모니터 앞에 앉아 있을 때 세상 나른한 표정으로 자신만만한 듯 키보드를 두드리던 당신의 선배는 수년간 수련한 핵심 기술 중 하나인 '복사해 붙여 넣기'를 하고 있었다.

새로운 거라니, 장난해?

모 선배는 코웃음을 친다. 아이디어 뱅크로 칭송받으며 고속 승진 중인 본부장을 떠올리자 그의 냉소가 더 깊어진다. 현실성도 없이 뜬구름만 잡으며 그럴듯한 말로 화려한 문서 꾸며서 장난질이지. 유물로 고분에서 출토되어도 이상할 것 없는, 출근해 정치만 하는 머리 굳은 이사들에겐 더할 나위 없이 먹음직한 건수겠지만 실제로 그 구

름에 핏줄을 잇고 살점을 붙인 후 숨을 불어넣어 움직이게
해야 하는 건 우리 말단들이라고. 피그말리온처럼 이상적
인 여인을 만난 것도 아닌데 그 흉물을 꼭 태어나게 해야
해?

    아직 중급자 레벨인 모 선배가 이세계의 산전수전을
좀 더 겪은 후 고급자 레벨로 올라선 후 이 겨울밤을 기억
할 수 있을까. 그건 조금 지나 다시 이야기해도 좋을 것 같
다. 난방이 끊긴 사무실에 오도카니 앉아 오기를 부리고
있는 당신의 찬 손이 지금은 더 염려스러우니.

▶ 그래도 내일은 온다

광장의 음유시인도 오늘의 노래를 마치고 집으로 돌아가는 늦은 밤, 마음에 들지 않는 무엇을 겨우 만들고 사무실 불을 끄다가 당신은 문득 어둠 속에 나란히 놓인 책상들을 바라본다. 저 많은 책상과 의자— 당신은 잠시 질식할 것 같다. 저렇게, 많다. 한낮의 와글거림은 다 사라지고 지금은 단지 차가운 정물로 놓여 있다. 하지만 아홉 시간 정도 지나면 사무실은 다시 사람들로 가득 차 있겠지. 당신이 방금 전까지 부여잡고 있던 초조함도 저 책상과 의자마다 번져 갈 테고. 그 답답한 열기를 상상하자마자 당신은 잠시 아득해진다. 초심자에게 가끔 기적처럼 열리는 미래시(미래를 보는 눈)가 방금 당신에게 스쳐 갔다. 그렇다. 변하는 것도 없는 매일매일, 그것이 당신의 내일이다. 서점의 자기계발서 매대에 늘어선 허울 좋은 말들은 잘 가꾼 패션 유튜버가 깔끔하게 치운 방에서 갈아입고 보여 주는 신상품과 같다. 그들도 잘 때는 목 늘어진 잠옷을 입겠지. 라면을 먹을 때는 편안한 추리닝을 입을 테고. 반짝이는 순간은 분명 오지만 한순간의 반짝임을 위해 당신이 인내해야 하는 시간은 길다. 저 어둠 속의 책상과 의자처럼. 기다리고 있다.

다음 주 당신의 사무실에 새로운 신입사원이 온다. 그는 어느 생을 거쳐 이세계로 온 걸까. 당신은 마른세수를 한다. 내일은 토요일, 핸드폰 알람이 울리지 않는 아침이다. 막차를 타기 위해 미끄러운 길을 뛰다시피 걷는 당신의 머릿속엔 출근하지 않아도 좋은 이틀이라는 시간만 가득하다. 어느새 보고서 생각은 사라지고 당신은 콧노래를 흥얼거린다. 집에 들어가다가 편의점에서 맥주를 사야겠어. 이번에 새로 나온, 맛있다던….

봄의 꽃잎처럼, 여름의 햇살처럼, 가을의 바람처럼, 겨울의 눈처럼…….

이세계에는 계속 새로운 사람이 찾아온다. 반가울 것도 없는데.

▶ 사랑은 원래 위험한 거야

어제 신입사원 환영회에서 당신은 물었다. "누구 씨, 입사 준비물이라는 것이 있다면 뭐라고 생각해?"

"음… 마음가짐이요?" 애써 침착하려 했지만 동공지진을 일으키며 대답하는 누구 씨를 보며 당신은 딱하다는 듯 혀를 찼다. "마음가짐? 그런 건 짐 덩어리에 불과해."

"그럼… 선배님은 뭐라고 생각하세요?" 훅, 치고 들어오는 질문에 당신은 살짝 당황했다. 하지만 술기운은 당신의 마음에서 간절하고 끈적한 한마디를 끌어 올렸다.

"애인! 사랑하는 사람이 필요하지. 이왕이면 곧 결혼할 사람이면 더 좋고."

"… 네?" 이십 대 중반의 솜털 보송한 누구 씨의 얼굴을 바라보며 당신은 말한다. "한 달만 지나 봐. 내가 무슨 말을 한 건지 이해할 테니까."

한 달까지 갈 것도 없다. 프로젝트 중반에 투입된 누구 씨는 벌써 이 주째 폭풍 야근 중이다. 손가락으로 다크서클을 문지르면 여덟 폭짜리 병풍 그림을 그릴 수도 있을 만큼 시커먼 오라를 뿜으며. 그는 곧 이 험하기만 하고 꿈이나 사랑 따윈 찾을 수 없는 초보 모험자의 길에서 탈출할지도 모른다. 위험해, 당신은 고개를 절레절레 흔들며 커피를 마신다.

휘핑크림을 뺀 카페모카. 당신이 피곤할 때 휘발유처럼 몸속에 붓는 에너지 음료다. 너무 졸려서 잠깐 흡연 구역 구석 계단 밑에 웅크리고 있다가 자리에 돌아오니 책상 위에 놓여 있었다. 정 과장님이다. 당신이 신입사원일 때부터 사수였던 선배. 당신의 울고불고를 다 들어 주고 몇 번의 위험했던 탈출 시도를 막아 준 사람. 당신이 대리로 승진했을 때 근사한 레스토랑을 예약하고 작은 선물을 주며 축하해 주던 사람. 당신은 귓불을 만진다. 별 펜던트가 달린 조그만 귀걸이가 손가락 끝에서 흔들린다.

"땡땡 씨, 별 보는 것 좋아한다고 했었지?"

"네, 대학 때 동아리에서 천문 관측을 했어요."

당신은 깊은 생각에 잠긴다. 아니, 당신은 지금 아무 생각도 없다. 파티션 건너편 대각선 자리에 정 과장님의 헝클어진 머리카락과 피곤한 얼굴이 보인다. 안쓰럽다는 감정이 밀려온다. 하지만 당신은 곧 모니터로 시선을 돌린다.

안쓰럽다는 감정은 지금 이 지옥 프로젝트에 발을 담근 모두에게 드는 감정이다. 정 과장에게 당신은 회사 생활에서 처음으로 직접 업무 지도를 한 후배다. 워낙 다정한 사람이다. 그리고 당신은 피곤하고 슬프다. 약한 감정에 무릎을 꿇으면 안 좋은 꼴을 많이 보게 된다. 이제 이쯤은 알아, 당신은 도도하게 고개를 든다. 똑같은 의자와 책상에 나란히 앉아 비슷한 시간을 비슷한 표정으로 사는 사람들은 그냥… 공장의 부품과도 같은 거야.

사무실 백열등은 아무리 밝아도 눈이 침침하고 모니터 위에 펼쳐진 일감은 밀어내고 밀어내도 끝없이 몰려오고 마주 보고 시답잖은 소리를 하며 웃기도 하지만 마음 한 구석이 차가운 당신의 일상에 스며드는 온기는 무섭다. 평범해 보이는 문을 열고 들어서면 오늘의 미션 목록이 아직 서툰 당신을 기다리고 있다. 여전히 이곳의 규칙은 어렵고 당신의 실력은 무디다. 힘들다고 말하면 누구나 안타까운 표정으로 바라봐 주고 간혹 커피 한 잔 점심 한 끼의 호의를 베풀기는 하지만 되돌아오는 것은 배려라는 이름의 폭력이다. 꼭 해 보고 싶었던 작업이 있었는데 몇 번 업무에 대한 부담감을 털어놓았던 선배가 "아, 그런데 할 수 있을까? 땡땡 씨가 요즘 힘들어하는 것 같아요"라고 이야기해서 동기에게 업무가 배정됐다는 소리를 들은 후부터 당신은 더더욱 마음을 숨기게 됐다.

선의는 바른 방향을 갖기 힘들다. 특히나 이세계에선. 사랑은 온전하기 어렵다. 손만 뻗으면 어깨를 만질 수 있을 정도로 가깝게 앉아 있고 하루 중 눈뜬 시간의 거의 대부분을 함께 지내는 사람들 속에서는. 아니, 애초에 그건 사랑일까. 너무 가까운 곳에 있는 것은 무엇이든 온전히 형체를 볼 수 없다. 그것이 감정이라도 마찬가지다.

팀 선후배가 사내 연애를 한다. 들킬 경우, 아무리 좋은 팀 동료에 둘러싸여 있어도 수군거림은 피하기 어렵다. 들키지 않았으나 헤어질 경우, 이별의 고통을 달랠 시간 동안 가져야 할 최소한의 물리적 거리조차 확보하기 어렵다. 마음이 부서진다. 들키지 않고 헤어지지 않고 결혼할 경우, 청

첩장으로 그들의 깜찍한 행각이 폭로된다. 그러나 이후 둘 중 하나는 다른 부서로 발령이 날 확률이 높다. 그것이 그들의 정신건강에도 이롭다.

어지간한 다이아몬드 멘탈이 아닌 이상, 고분에서 출토한 이천 년 전 꽃씨를 심어도 만수산 칡넝쿨처럼 드렁드렁 우거질 이 뒷말의 숲에서 자유로울 수는 없다. 그리고 그런 다이아몬드 멘탈은 세기에 한 명 정도 가지고 태어나는 '창세신의 축복'이다. 당신은 평범한 모험자이고 아무리 보물 상자를 열어도 그런 희귀템은 구경한 적도 없다.

사랑은 어느 생에도 기적이라고 어떤 책에서 읽은 적이 있다. 노력했지만 만족할 만한 결과가 나오진 않았고 결국 질책을 받을 때, 참으려고 해도 눈물이 쏟아지고 도무지 나아질 희망이 보이지 않을 때, 몸이 부서져라 일을 해 겨우 마감을 맞췄지만 아무도 알아주지 않을 때, 무심하게도 하늘은 파랗고 구름은 더없이 포근하고 거리를 오가는 사람들의 표정은 평화롭다. 시리다. 옆구리가 무지막지하게 시리다. 소개팅으로 만났던 사람은 불규칙한 퇴근, 주말근무, 자잘한 스트레스로 울렁이는 감정의 파도를 견디지 못하고 천천히 멀어졌다. 자기 전에 하루의 피곤함을 털어놓으면 묵묵히 들어주고 '잘 자'라고 다정하게 말해 주는 사람, 출근길엔 간밤의 안부를 묻고 하루의 안녕을 기도해 주는 사람이 필요하다. 간절히. 그 간절함이 얼마나 위험한지 알기에 당신은 쏟아지려는 마음을 서둘러 수습한다. 기적이 당신 앞에서 기다리다가 지쳐서 천천히 물러서는지도 모르고.

기적도 회사라는 이세계에선 위험도가 높은 미션일 뿐이다.

Quest 8

▶ 라테는 투샷?

    때리는 시어머니보다 말리는 시누이가 더 밉다, 고 했던 가. 마주 앉아 느리게 눈을 깜빡거리는 '저놈'을 패고 싶다. 신입사원 누구 씨가 울면서 사무실을 뛰쳐나간 지 이십여 분, 사건의 원흉은 순진한 표정으로 당신을 쳐다보고 있다.

    누구 씨가 예민한 성격이라는 것은 그가 출근한 첫날부터 사무실의 모두가 알 수 있었다. 점심을 먹고 돌아오는 길, 팀장이 말 끝에 끄억~ 하고 트림을 하자 누구 씨의 얼굴은 한없이 일그러졌다. 코를 쥐고 두어 걸음 물러나는 누구 씨를 보며 모두가 그의 험난한 앞길을 예감할 수 있었다.

대한민국 사십 대 후반 여느 아저씨들과 비교해 봐도 팀장은 좋은 말로 '털털'하고 솔직하게 말하면 '개념이 없'었다. 여직원들 사이에서 '재떨이'라는 별명으로 불릴 정도로 찌든 담배 냄새와 땀 냄새가 뒤엉켜 형언할 수 없는 체취를 풍기며 돌아다녔다. 책상 위엔 늘 마시다 만 커피잔과 음료수 병이 가득했고 사람의 면전에 대고 트림을 하거나 오후 서너 시쯤엔 자리에서 코를 골며 자기도 했다. 휴대전화는 진동이 아닌 소리로 설정해 놓아서 가뜩이나 외부 연락이 잦은 팀장의 벨소리 때문에 신입사원이 오면 이내 노이즈 캔슬링 이어폰 추천 링크가 메신저에 쏟아졌다. "누구 씨, 정신건강을 위해 필수품이야. 청력 상하지 않으려면 헤드셋도 추천해." 팀원들 중 누구도 팀장의 집안 사정을 모르는 이가 없었다. 부부 싸움도 사무실 자리에 앉아서 했고, 친구랑 술 약속도 자리에 앉아서 잡았다. 아무리 프라이버시를 지켜 주고 싶어도 저렇게 본인이 나서서 까발리는데 답이 없지 않은가. 알고 싶지 않은 타인의 사생활을 알게 되는 일이 고문에 가까운 폭력이라는 것을 당신은 요 몇 년 동안 뼈에 사무치게 알게 되었다.

팀장의 트림 사건은 '익숙해지면 안 되는 일이라는 것을 알고 있지만 어쩔 수 없이 익숙해져 버린' 당신과 당신의 동료들에게는 마음속으로 욱하고 넘어갈 일이었겠지만 누구 씨에게는 상당한 충격이었던 것 같다. 누구 씨의 정신력은 회복되지 않고 계속 위험 수준에서 머물렀다. 자고 일어나면 회복되는 체력과 달리 마음에 생긴 상처는 아물지 않고 번져서 결국 목숨을 위협하기도 한다. 누구 씨는 팀장을 피하기 시작했다. 회의실에서는 팀장과 가장 먼 자리에 앉았고 팀장이 가까이 오면 슬금슬금 자리를 피했으며 어쩌다 팀장과 대화를 나누게 되면 자기도 모르는 새 싫은 표정을 지었다. 싫다는 감정은 뿌리가 깊어서 한 번 자리를 잡으면 쉽게 사라지지 않는다. 낯선 업무에 대한 두려움과 스트레스까지 더해져서 누구 씨는 정말 팀장을 싫어하게 되었다. 누구나 눈치챌 만한 노골적인 '싫어함'이었다.

직간접적인 부정의 감정에 오래 노출된 사람은 자신을 향한 적의를 본능적으로 안다. 누구 씨는 아마 산만하고 둔해 보이는 팀장이 자신의 불편한 감정을 모른다고 여겼겠지만 당신을 포함한 팀원들은 이미 위험 신호를 감지하고 있었다. 누구 씨에게 집요하게 들러붙는 팀장을 보면서 말이다.

누구 씨가 아침에 출근해 사무실에서 맥없는 목소리로 인사를 하면 누구보다 먼저 일어나 환하게 웃으며 손을 흔드는 팀장, 한 시간에 한 번 꼴로 누구 씨 자리로 찾아가 "지금은 뭐 해? 일은 어렵지 않고?" 하면서 싱글싱글 웃는 팀장, 점심시간마다 누구 씨를 지목하며 같이 밥 먹으러 가자고 하고 약속이 있다고 거절하면 누구랑 어디서 무슨 약속이 있는지 캐묻는 팀장, 회의 시간이면 꼭 누구 씨의 의견을 묻고 가끔씩 누구 씨를 따로 불러 아무런 이유 없는 면담을 하기도 했다. 환기도 안 되는 회의실에서 팀장의 입 냄새를 맡으며 한 시간여 동안 네, 아니오만 반복하다 나오는 누구 씨의 얼굴은 마주 보기에도 안쓰러웠다.

누구 씨를 안쓰럽게 여기면서도 당신은 팀장에게도 마음이 쓰였다. 오해는 말자. 누구 씨의 저 고역은 당신도 입사 초기 겪었던 일이다. 하지만 당신은 세계가 내린 이 시련에 천천히 적응했다. 눈앞의 사람이 때려잡을 괴물이 아니라면 어느 세계든 다 좋은 법은 없는 것이니. 생각해 보면 매주 월요일마다 본부장실에 불려가 팀원들이 저지른 크고 작은 실수들을 변명하고 대신 질책을 받는 것도 팀장이었고, 외부 고객들에게서 쏟아지는 불평불만을 고스란히 받아안는 것도 팀장이었다. 적어도 팀장은 팀원들이 한 일들에 대해 책임을 질 줄 알았다. 그는 사십 대 중반이라는 나이 치고는 꽤 고리타분한 '꼰대'였는데, 그 보수적인 성격 때문인지 자기가 관리하는 사람들은 끝까지 돌보려는 묘한 고집이 있었다. 그의 인간적인 단점과 관리자로서의 장점이 그의 '꼰대성'에서 비롯된다면 참 아이러니하지만, 사실이 그러했다. 크게 매력적이지 않은 연봉과 느린 승진으로 인한 스트레스, 나이 몇 살 차이 나지 않지만 당신도 가끔 감당하기 어려운 신입사원들의 재기발랄함을 생각한다면 탈모가 진행되는 팀장의 M자 헤어라인이며 구깃한 와이셔츠, 술 냄새와 담배 냄새로 찌든 모습도 애처로웠다. (맞다. 당신은 '다정한 사람'이었지. 아마 당신은 오래 당신의 다정함으로 병들 것이다. 당신의 다정함이 이 모험의 끝에 마왕을 때려잡을 당신만의 무기가 될지도 모르지만.)

결국 오늘 아침 누구 씨는 폭발했다. "팀장님은 대체 저한테 왜 그러시는 걸까요?" 회의실에서 누구 씨와 마주 앉은 당신은 난감했다. 왜 하고많은 팀원들 중에 누구 씨는 당신을 선택해 여기로 끌고 와 대답할 수 없는 질문을 늘어놓으며 화를 내는 걸까?

당신은 누구 씨에게 가끔 커피를 사 줬다. 누구 씨가 메신저로 투덜거리면 상냥하게 대답해 주고 재미있는 이모티콘을 보내 화를 누그러뜨렸다. 팀장이 너무한다 싶은 날이면 당신은 팀장에게로 가 별로 중요하지 않은 상의를 하는 척하며 누구 씨를 구해 주기도 했다. 누구 씨가 당신을 선택한 것은 누구 씨의 입장에서는 당연했다.

당신은 다만… 누군가 힘들어하는 것을 보고 모른 척하기 어려웠을 뿐인데, 말이다.

자신에게 구원의 동아줄 같았던 당신의 다정함이 그저 '태도'라는 것을 누구 씨는 알 턱이 없었다. 그리고 이제 슬슬 질리려고 하는 이 상황이 당신에게는 사람만 바뀌면서 거의 매일 반복되는 일이라는 것도. 당신이 어젯밤 불면증으로 잠을 못 잤고 아침에 너무 피곤해 침대에서 일어나지 못하는 바람에 지각을 했고 뱀파이어 종족의 피와 같이 절실한 커피를 아직 마시지 못했다는 것도 누구 씨는 몰랐다. 지나가며 슬쩍 어깨를 토닥이고 책상 위에 에너지 음료를 올려놓는 선배라고만 누구 씨는 생각했다. '태도'에 불과한 다정함은 한 꺼풀 벗으면 사라지는 허물과도 같다는 것을 이제 막 이세계에 입문한 누구 씨는 알 도리가 없었다.

"… 그러게, 누구 씨도 많이 힘들지. 그런데… 누구 씨 때문에 팀장님도 힘드실 것 같다는 생각은 안 들어요?"

당신은 생각한다. '이 말은 너무 잔인할지도 몰라.' 마음 한편으로는 이렇게도 생각한다. '그렇게 힘들다면 직접 말하면 되는 거 아냐? 그럴 용기도 없으면서 왜 매일 나를 들볶는 거야?' 당신의 마음속에 벌겋고 뜨거운 말이 메아리 친다.

'내가 만만해?'

누구 씨의 눈이 살짝 흔들린다. 누구 씨는 지금 당혹스럽다. 표정이 일그러진 누구 씨에게 당신은 차분하게 말한다. "팀장님이 대하기 좀 힘든 타입인 것은 사실이지만, 누구 씨는 팀장님을 이해하려고 노력한 적 있나요? 이해가 어렵다면 적응이라도."

"누구 씨 얼마 전에 A사에 보낸 산출물, 사실 고객이 담당자 바꿔 달라고 난리였는데 팀장님이 무마해 준 것 모르죠?"

"이러니저러니 해도 팀장님은 누구 씨 잘 챙겨 줘요. 하지만 누구 씨는 팀장님에게 기본적인 예의도 지키지 않는 것 같은데⋯ 퇴근할 때 인사도 없이 휙, 하고 가 버리고."

 "누구 씨, 잔소리 같아서 이야기하지 않으려고 했는데, 인사는 기본이에요."

 말은 시작하기가 어렵지, 일단 입술 밖으로 나오면 걷잡을 수 없는 법이다. 당신은 누구 씨의 눈에 눈물이 가득 차오르는 것도, 누구 씨의 손이 떨리는 것도, 누구 씨의 귀가 빨개지는 것도 가만히 바라보며 조용하게 말을 이어 간다. 마음이 떨린다. 하지만 당신은 말을 멈출 수 없다. 그동안 누구 씨가 시도때도 없이 보내던 메시지들, 너와 나는 공범이라는 듯 표현하던 사인들을 생각하자 당신은 생각이 정리된다. 누구 씨를 위해서라도 지금은 냉정해져야 한다. 팀장이 언제까지 참을지 알 수 없다. 누구 씨의 태도를 좋지 않게 보는 팀원들도 많다. 뒷담화를 전달할 필요는 없지만 더 이상 나쁜 인상을 심어 준다면 누구 씨가 하는 모든 일들이 탐탁지 않게 받아들여질 것이다. 당신이 모르는 사이 사람들 사이에 퍼졌던 이미지를 아주 오랫동안 노력해서 겨우 되돌렸던 것을 생각하며 당신은 허리를 쭉 편다.

"누구 씨, 회사는 학교가 아니에요. 마음 맞는 또래 친구들하고 하하호호 하면서 지낼 수 없다구요. 누구 씨는 지금보다 일을 잘해야 하고, 상사를 존중해야 해요. 사람들은 생각보다 남말하는 것을 좋아하고 상사들은 어느 순간 돌변해 나를 괴롭힐지 모르죠. 스스로를 증명할 수 없다면 누구 씨는 그저 아무것도 못 하면서 불평만 늘어놓는 사람밖에 되지 않아요."

당신은 한숨을 내쉰다. 들이마시고….

"다 누구 씨를 생각해서 하는 말이에요."

말을 하는 순간 아득해진다. 다 땡땡 씨를 생각해서 하는 말이야. 손가락 끝에 닿았던 정 과장님의 한숨이 떠오른다. 순간 눈물로 흐려졌던 세상의 풍경도.

　당신의 상념은 누구 씨의 떨리는 목소리로 끊긴다.

　"땡땡 대리님, 무서운 분이시네요… 저는… 대리님이 절
이해해 주시는 줄 알았어요. 늘 이야기도 잘 들어 주셔서.
그런데… 뒤로는 절 그렇게 생각하고 계셨네요."
　"… 뭐? 아니, 잠깐만. 난 다 누구 씨를 생각해서…."
　"… 실례했습니다."

　누구 씨가 회의실 문을 열다가 굳어 버린다. 누구 씨의
시선을 따라가던 당신도 몸이 굳는다. 언제부터 거기 있었
던 걸까? 어디서부터 들은 거지? 회의실 문 앞엔 묘한 표정
의 팀장이 있었다.
　그리고 팀장은 지금 당신 앞에 앉아 있다. 몸을 앞으로
기울이고 예의 찌든 내를 역하게 풍기며 희미한 웃음을
띤 채.
　"… 잘 이야기했어. 그나마 땡땡 씨라서 부드럽게 말할

수 있는 거지. 누구 씨도 이해할 거야."

"… 네."

"땡땡 씨도 이제 대리 달았네. 참 하는 일마다 어리버리 실수 연발이던 사람이 많이 자랐어."

팀장은 빙글빙글 웃으며 일어나다가 몸을 숙여 당신의 귀에 대고 속삭인다.

"선배 된다는 게 원래… 더러워."

울면 안 된다. 절대로.

Quest 9

▶ 그런 사람은 없어,
너처럼 바보 같은 사람은

지금 나한테 무슨 일이 일어난 거지? 당신은 멍하다. 모험자에게 위협이란 외부에서 오는 것이 아니었나? 함께 싸우는 동료가 아니라?

당신은 방금 목이 졸렸다. 믿어지지 않겠지만 회식에서. 이번 프로젝트에서 함께 일한 남자 신입사원 불끈 씨가 당신에게 헤드록을 걸었다. 당신은 UFC 선수가 아니고 여긴 옥타곤도 아닌데. 당신은 엉겁결에 탁자를 손바닥으로 탕,

탕 두드리며 항복 표시를 했지만 죄어드는 팔은 여전히 강했다. 술에 취한 불끈 씨는 낄낄 웃었다. "서,언,배~ 그동안 감,사,했,습,니,다아~ 많,이, 배,웠,습,니,다아~?"

파트 리더로 처음 수행한 프로젝트는 긴장의 연속이었다. 자기 업무만 꼼꼼하게 체크하면 되던 때가 좋았다. 자기 일도 처리하면서 다른 사람들의 일도 돌봐야 했으며 전체적인 일정도 함께 체크해야 했다. 늘 속으로 욕했던 선배들에게 미안하다는 마음이 절로 들었다.

물론 파트원들은 모두 착했다. 당신은 회사라는 세계에서 '진정한 의미의 악인'을 만난 적이 없다. 세상에 완벽한 인간은 없으니까. 술만 마시면 지각을 하는 꽐라 씨는 적극적인 성격이라 남들이 피하는 궂은일도 마다 않고 맡아 주었다. (한 번에 완벽하게 하는 것은 물론 아니지만 어떻게 일에 완벽한 마무리가 있을 수 있겠는가.) 남의 실수에 지나치게 민감한 새침 씨는 내 일 남 일 가리지 않고 꼼꼼하게 검토하는 성격이라 전체적인 완성도를 높이는데 크게 도움을 주었다. (물론 하루에도 몇 번씩 새침 씨의 '분노'를 들어 주는 일은 굉장히 피곤한 일이었다.) 말수가 적다 못해 하루에 한마디도 하지 않는 날도 종종 있는 답답 씨는 말도 많고 탈도 많은 프로젝트 팀에서 유일하게 불평하지 않는 사람이었다. (답답 씨가 정말 불만이 없는지는 누구도 알 수 없어서 그가 프로젝트 중간에 돌연 사직서를 냈을 땐 정말 당황했다. 더 당황스러웠던 것은 왜 사직서를 냈는지 물어보기 위해 회의실에서 면담을 하는 내내 답답 씨가 한마디도 하지 않았던 것이다.) 그리고 지금 당신이 물 밖에 끌려 나온 붕어처럼 숨을 몰아쉬며 입만 벙긋거리게 만든 불끈 씨.

　불끈 씨는 털털하고 긍정적인 편이었다. 눈에 띄게 일을 잘하지도 않았지만 그렇다고 손을 못 쓸 만큼 못하지도 않아서 시간에 쫓기지 않고 평범하게 해도 좋은 일을 맡기기 좋았다. 조금 툴툴거리기는 했지만 간식을 사 주거나 일이 좀 크다 싶으면 점심 한 끼에 너그럽게 넘어가 주었다. 당신은 불끈 씨와 사이가 좋다고 생각했다. 회의가 난항을 겪을 때도 불끈 씨는 특유의 낙천성으로 얼어붙은 분위기를 녹여 주었고 '대리님, 많이 힘드시죠.' 하면서 먼저 말을 걸어 주기도 했다. 대리라고 해 봤자 승진한 지 얼마 되지 않아 내심 후배들 입장으로 더 많이 기우는 당신으로는 살짝 거리를 두며 묘하게 차가운 파트원들이 섭섭할 때가 있었는데 불끈 씨는 당신이 그럴 때마다 알아채기라도 한 듯 다가와 넉살 좋게 웃으며 기분을 풀어 주었다.

당신은 지금 눈물이 날 것 같다. 하지만 마치 아무 일도 없었다는 듯 사람들은 술을 마시고 고객들을 욕하고 마침내 끝난 프로젝트에 대한 회고를 하면서 고개를 절레절레 젓는다. 방금까지 당신의 목에 팔을 감고 당신을 괴롭혔던 불끈 씨도 당신을 쳐다보지도 않고 사람들과 하하 웃고 있다. 당신은 조용히 일어나 화장실로 향한다. 뭐가 잘못된 걸까. 난 대체 불끈 씨에게 뭘 잘못한 거지? 단지, 친근감의 표현이 과했던 걸까?

그러기엔 방금 좀… 무섭지 않았나? 그리고 왜 아무도

불끈 씨를 말리지 않은 거지? 한 사람 정도는 좀 심하지 않냐고 말할 수도 있잖아?

여전히 복잡한 마음으로 화장실을 나서다가 당신은 문득 멈춰 섰다. 맞은편 남자 화장실로 들어가는 꽐라 씨가 나무라는 투로 누군가에게 말하고 있었다. "아무리 장난이라지만 좀 과한 거 아냐?" 해맑게 대답하는 이는 불끈 씨다. "하하, 그런가. 난 친근감 표시였는데. 땡땡 선배는 귀엽기도 하고. 잘 보면 꽤 미인이야, 땡땡 선배." 꽐라 씨가 피식 웃는다. "작업이야?" "숫기도 능력도 없는데 관리한답시고 이리저리 부산하게 뛰어다니는 거 꽤 귀엽지 않았냐? 대리라고 해 봤자 여자라서 나보다 한 살 어리고. 힘 좀 줘서 누르면… 아까 봐라, 꼼짝도 못 하잖아." "… 뭐, 여자니까." "그래도 선배는 선배다. 잘해라."

…울지 마, 울면 안 돼. 당신은 자기도 모르게 손을 부여잡고 중얼거리고 있다. 손이 너무 차갑다. 입술이 떨린다. 턱 밑으로 차가운 것이 툭, 떨어진다.

당신이 처음 파트 리더를 맡았던 프로젝트가 오늘, 끝났다.

Quest 10

▶ Save & Reload. OK or Cancel?

여기로 오기까지 얼마나 많은 밤을 새웠나. 자신에게 주는 선물, 이라는 핑계로 휘발될 것이 뻔한 일회성 전투력 향상을 위한 지름신 경배를 얼마나 했나. (지름신은 당신의 주종교가 되었다.) 얼마나 많은 유튜브 멘토들과 작심삼일 인연을 쌓았나. 소주 반병이던 주량이 한 병 반이 되고 허리 벨트 구멍이 슬그머니 뒤로 밀리고 어렵게 획득한 지하철 좌석에서 화장하기 기술을 아예 포기하고 선크림도 잊은 맨얼굴로 출근하는 내공을 쌓기까지 당신은 얼마나 많은 내상을 홀로 치료했나.

  당신은 지금 중간 보스의 성 앞에 도착했다. 비록 다크 서클은 턱 끝까지 내려오고 믿을 만한 동료 하나 얻지 못해 혈혈단신이긴 하지만. 영혼은 (그런 것이 있다면) 착란으로 인한 자해로 너덜너덜하고 신념은 (역시 그런 것이 있다면) 바닥에 떨어져 흙투성이로 뒹굴지만 아직은 멀쩡한 두 발로 여기까지 달려왔다.

  당신은 숨을 몰아쉰다. 이 문을 열면 중간 보스가 있다. 고개를 들면 필드 여기저기에 쓰러져 신음하는 동료들도 많고 그 와중에 느긋하게 잡몬스터를 해치우며 오늘의 퀘스트를 게으르게 해치우는 선배들도 있다. 당신과 함께 시작한 동료 중 못 견디겠다며 일찌감치 도망간 이도 제법 있다. 그들은 다른 세계에서 또 초보자의 수라장을 견디는 중이다. 아아~ 어째서. 당신은 한숨을 쉰다. 아무리 많은 세계를 넘나들어도 산다는 건 이렇게 힘든 거지?
  처음에는 버겁기만 했던 일일 퀘스트들 중 어떤 것들은

눈 감고 손 묶고도 할 수 있을 정도로 수월해졌고 알 수 없어 고민이 되었던 사람들은 두세 시간만 바라보아도 대충 감이 올 만큼 투명해졌다. 다양한 일들을 새롭게 경험하면서 매일매일 설레는 날들을 보낼 거라는 착각은 처음부터 하지 않았지만 아무 두근거림 없이 그저 몸만 바쁜 일상이 이렇게 지루하게 이어질 거라는 예상도 하지 못했다. 엊그제 퇴근을 하다가 당신은 문득 모르는 역에 내렸다. 역사 밖을 나와 흔한 역 근처 상가를 조금 걸었다. 11월의 차가운 밤공기가 당신의 폐에 스몄다. 퇴근 후 한잔하는 무리와 친구들끼리 노는 무리를 당신은 쉽게 알아볼 수 있었다. 아무리 즐겁게 웃고 있어도 얼굴에 씐 지루함과 공허를 감출 수 없다. 의미 없는 대화가 공중에서 휘발되고 아, 그런데 여기도 있네. 가볍게 사라지는 말을 바라보며 멍한 표정을 짓는 사람이. 당신 같은 사람이. 이, 참을 수 없이 가벼운 관계를 더 이상 견딜 수 없는 사람이.

수없이 마음이 부러지고 그래서 가벼워지려고 노력했다. 여기엔 사람이 아니라 동료가 있는 거라고, 그러니 동료애는 있어도 그 외의 감정들은 없는 거라고 아침마다 사무실 문 앞에서 다짐했다. 공격하는 사람에게 되받아 화를 내는 것도 에너지 소모라고 생각하며 다스리려고 애를 썼다. 그들에게도 나는 사람이 아니라 그저 동료에 불과하다고 지나친 자기애를 경계했다. 일은… 가끔 장난꾸러기처럼 난감한 얼굴을 보여 주긴 했지만 처음처럼 무섭고 커다란 괴물은 아니었다. 익숙해졌고 가끔 사람에 지칠 때는 아이러니하게도 유일한 은신처가 되어 주기도 했다. '지금은 좀 바빠서…'라는 말은 적어도 이세계에서는 무사 일방통행의 마법 주문이었으니까. 정말 희한했다. 처음에 이곳에 왔을 때 무딘 나무칼을 휘두르며 퇴치하려고만 열을 올렸던 '일'이라는 괴물이 이제는 동료들로부터 숨을 수 있도록 나를 보호해 주는 '진정한 조력자'가 되었으니 말이다. 당신이 초보자 시절 선배의 로그에서 읽은 것처럼.

"일은 힘들지 않아, 언제나 사람이 문제지."

그런데 지금 당신은 일에도 열의를 잃었다. 여기서는 '더 배울 것'이 없었다. 가끔은 사람들과 하하호호 웃으며 마음이 겹쳐지는 착각을 할 때도 있었지만 고인 물인 멤버들과는 이제 서로 양말목 뒤집듯 마음을 읽을 수 있는 사이였고 새로 들어오는 사람들은 신선하기보다는 또 어떤 기묘한 솜씨로 뒤통수를 칠지 경계하게만 되었다. 사람을 못 믿는 것이 아니라 사람에게 기대가 없어지는 것이 문제였다. 가끔 낯선 역에서 내려 낯선 거리를 거닐며 당신은 당신 안에 커다랗게 자리 잡은 공허를 두려운 눈으로 바라보았다. 현대의 인간을 죽이는 것은 폭력이 아니라 어쩌면 권태일지도 모른다.

그래서 당신은 여기 있다. 이 지겨운 스테이지를 끝내려고. 사람들은 말했다. 어디든 똑같다고. 그 말을 그대로 믿는다면… 당신은 눈앞이 캄캄해지며 입술이 떨렸다. 이 지루한 날들이 죽을 때까지 이어진다고? 그러기엔 당신은 아직 젊고 창밖으로 내려다보이는 거리의 사람들은 사무실에 앉아 한숨을 몰아쉬는 동료들과는 달리 다채로운 색으로 빛나 보였다. 게다가 서점의 매대며 인터넷 커뮤니티에서 만날 수 있는 선배들의 성공담이 당신을 두근거리게

했다. 당신은 살짝 등에 힘을 주며 몸을 곧게 세웠다. 할 수 있어… 할 수 있어!

노크를 하고 대답을 들은 후 문을 열고 들어간 당신은 터질 것 같은 심장을 다스리며 그동안 공들여 준비한 비장의 무기를 꺼낸다.

잠시 후 당신은 홀가분한 표정으로 문을 나선다. 살짝 불안이 섞인 미소이긴 하지만 오랜만에 보는 당신의 미소에 사무실 사람들이 절로 고개를 돌려 당신을 바라본다. 방금 해치운 중간 보스의 피 냄새가 그렇게 향기롭나? 당신은 비밀스럽게 어깨를 으쓱한다. 뭔가 인생의 큰 계단을 올라선 것처럼 여유롭다. 당신은 항공권 예매 사이트를 클릭한다. '유럽의 크리스마스 장터가 그렇게 멋지다잖아, 조금 비싸긴 하네.'

한 달 후 당신은 애석한 표정을 지으며 책상에서 일어선다. 텅 빈 책상 위엔 방금 포맷한 컴퓨터 한 대만 덜렁 놓여 있다. 불끈 씨가 달려온다. "땡땡 선배, 짐 들어 드릴까요? 어, 짐도 없네요? 다 부치셨어요?" 당신은 우아하게 웃는다. "그냥 잡동사니라 다 버렸어." "땡땡 선배, 정들자 이별이라더니. 보고 싶을 거예요." "불끈 씨는 워낙 싹싹하고 일 잘하니까 누구하고라도 잘 맞춰서 해 나갈 수 있을 거야. 가끔 연락해요. 밥이나 먹어요." "어휴, 땡땡 선배… 네, 네에, 꼭 그렇게 해요. 몸조리 잘하시고요."

당신은 오늘부로 퇴사한다. 사유는 개인 사유, 건강상 문제다. 지하철역 코인 로커에 넣어 둔 캐리어를 끌고 공항으로 바로 갈 예정이라 사물함 정리는 지난주에 이미 끝냈다. 당신에게 건강상 문제가 있다면 미친 듯이 뛰는 심장과 아무리 애를 써도 저절로 풀리는 얼굴 근육이 아닐까. 유럽에서 맞을 첫 크리스마스가 당신을 기다리고 있다. 뭔가 새로운 일이 당신의 인생에 찾아오고 있다.

▶ 돌아올 수 있어서
여행은 즐거운 거야

"쉬는 동안 뭐하셨어요? 여행?"

"네, 한 달 정도 유럽에 다녀왔어요."

"와, 크리스마스 시즌에 유럽이라. 정말 부럽네요. 회사 옮길 때 시간 여유 있으시면 여행 많이 다녀오시더라고요. 유럽같이 먼 곳은 그럴 때 아니면 가기도 어렵고."

다음 출근일과 대략적인 연봉, 직급을 논한 후 악수를 하고 나온다. 찬란한 여행의 기억은 차곡차곡 블로그에

쌓아 두었다. 양력설에는 가족과 떡국을 먹으라는 아버지의 엄포에 광장에서의 해피 뉴 이어를 포기하긴 했지만 아깝진 않았다. 솔직히 말하면 불안했다. 커다란 캐리어를 끌고 샤를 드골 공항을 빠져나올 때만 해도 당신의 얼굴은 반짝거렸다. 화려한 인생 2막이 출구 너머에 펼쳐져 있을 것 같았다. 연말의 이국적인 풍경이 당신의 심박수를 단숨에 끌어올렸다. 스트레스와 짜증으로 울긋불긋했던 피부도 뽀얗게 피어올랐다. 짜고 기름진 음식들도 천국의 음식처럼 술술 들어갔다. 알아들을 수 없는 이국어가 그렇게 마음 편할 수 없었다.

퇴사 D+1일 아침, 새벽에 울리는 알람에 흠칫 놀라 깼다. 허둥지둥 몸을 일으켰는데 오싹한 공기가 코로 스몄다. 낯선 천장이 펼쳐져 있었다. 아, 여기 파리지. 중얼거리다가 그 말의 울림이 근사해 다시 한 번 읊어 보았다. 여기 파리지.

아침 아홉 시. 잠옷 바람으로 침대에 앉아서 전날 공항에서 사 온 빵을 씹으면서 당신은 '아무렇지도 않게 일상이 천국으로 바뀌는 경험'을 한다. 또 한 번의 성공적인 전생에 앞서 잠깐 휴지기에 접어드는 것처럼 마음이 평온하다. 초조하게 메일함을 새로고침할 일도, 부재중 전화 표시에 흠칫 놀랄 일도 없는 하루. 대신 해가 중천에 뜬 대낮에 노상 카페의 테라스 자리에 앉아 작은 잔에 든 와인을 마시며 지나가는 사람들을 관찰하고 불빛이 아름답게 비치는 강에 놓인 자그마한 다리를 건너며 노래를 부른다. 당신의 마음엔 이미 잊었거나 잃었다고 생각했던 부드럽고 따뜻한 감정이 넘쳐흐른다.

　하루, 이틀, 일주일, 열흘, 시간은 차분하게 흘러갔다. 크리스마스를 맞이해 도시의 광장에는 플리 마켓이 열리고 선물 상자와 꽃다발을 품에 안은 연인들이 거리를 가득 메운다. 이 도시의 모든 것은 완전하다. 단 하나 당신만 빼고. 애써 평화로운 표정을 짓고 있지만 어딘지 모르게 잘못됐다는 느낌을 버릴 수 없는 당신만 빼고.

유럽의 어느 골목은 아니지만 루앙 프라방의 게스트 하우스 마루 아래 숨겨진 모 선배의 로그를 읽어 보자. "노는 것도 재능 있는 사람이나 할 수 있는 거야. 아침에 일어났는데 정해진 일이 아무것도 없는 황폐를 견딜 수 있는 이가 얼마나 되겠어. 그건 게으름뱅이거나 예술가야."

당신은 불행히도 게으름뱅이도 아니고 예술가는 더더욱 아니다. 몇몇 군데 유명한 관광지를 돌아보고 한밤중에 클럽에 가서 술을 마시며 엉터리 영어로 친구 비슷한 사람도 사귀어 보고 도시 외곽 아울렛에서 득템했다고 믿으며 명품 가방을 산 후 당신은 '질려 버렸다'. 순전히 당신의 의지로 채워야 하는 이십사 시간에 대해. 들어오는 돈은 하나도 없이 꼬박꼬박 나갈 돈만 줄지어 기다리는 빈약한 통장에 대해. '내일'이란 시간에 대해 생각하자 당신은 출구 없는 사막에 갇힌 것처럼 숨이 막힌다. 하지만 그 불안감을 인정하는 것은 이전 단계에서 당신이 거둔 조그마한 승리―'중간 보스 무찌르기 a.k.a 퇴사 성공'을 송두리째 부정하는 것만 같아서 당신은 애써 이 시간들을 '재충전'이 아닌 '새로운 도전을 위한 휴식'으로 포장한다.

그 와중에 받은 아버지의 퉁명스러운 문자는 당신에게 구원의 동아줄과 같았다. 이 여행을 끝낼 수 있는 '당신 탓이 아닌 이유'. 생각해 보면 철이 들고 나서 오로지 당신의 의지만으로 끌어간 일이 있었던가. 아침에 일어나 투덜거리며 가방을 챙겨 등교를 하고 하교 후에는 학원에 들렀다가 집에 와 숙제하고 잠드는 청소년기를 지났더니 시간표 맞춰서 학교 가서 강의 듣고 도서관에서 숙제하고 아르바이트하는 청년기가 왔고 운이 좋게도 금방 취업이 되어 그야말로 틀에 박힌 매일을 살았다. 바로 직전까지. 당신에게 자유는 어울리지 않는 왕관이었다. 물론 표면적으로는 인정하지 않았지만.

아버지는 연달아 당신을 구원할 강편치를 날려 주었다. 마른 빵과 느끼하고 짜기만 했던 고기에 질렸던지라 바닥에 남은 국물 한 방울까지 박박 긁어 먹는 당신의 정수리를 물끄러미 보다가 아버지는 결정적인 한 방을 날린다.

"쉴 만큼 쉬었으니 다시 일해야지? 젊은 애가 일 안 하고 빈둥거리면 못쓰는 거야. 난 정년퇴임까지 사십 년을 휴가도 안 가고 일했다. 어디가 아픈 것도 아니고 사지육신 멀쩡한데 왜 놀아, 놀긴. 파먹을 돈을 모아 놓은 것도 아니고."

그렇게 당신은 다시 안전하게 출근길 지옥철에 몸을 실었다. 그리고 출근하는 그 순간부터 '지긋지긋한 축복 같은 매일'을 상상하며 우울해지기 시작했다.

▶ 일은 좋아해요,
사람이 문제라 그렇지

비슷한 직종으로 이직했으니 늘 그랬듯이 눈을 반쯤 감고도 중력에 떨어지는 사과처럼 자연스럽게 척척 일을 처리할 수 있을 줄 알았다. 그러나 출근 첫날, 모니터에 뜬 문서를 보면서 당신은 머리가 하얗게 비워지는 '아주 오랜만에 찾아오는 공황 상태'를 경험한다. 하얀 것이 종이요, 검은 것이 글자… 수준은 아니더라도 뭘 해야 할지 막막하기만 하다. 이건 당신이 신입사원 시절 종종 겪던 증상이었다. '겨우 한 달 쉬었다고 다 잊어버린 거야?' 그럴 리 없다는 것을 알면서도 누가 차가운 손으로 등을 만지는 듯 소름이 돋는다.

하지만 당신은 경력직 입사자고 그래서 여유로운 표정으로 탕비실에 가 커피를 탄 후 옥상으로 올라간다. 면접하던 날 단 한 번 와 본 건물이지만 헤매지도 않고 바로 옥상 가는 계단을 찾는다. '대한민국은 창의력이 부족해, 건물이 어쩜 이렇게 똑같지?' 고작 석 주 남짓 다녀온 유럽의 풍경을 머릿속에 떠올리며 당신은 한숨을 쉰다.

돌아와야 할 자리로 자연스럽게 돌아왔다고 생각했는데 불안하다. 프로젝트로 파견이 잦았던 전 직장에서 우스개로 이삿짐 센터에 취직이나 할까, 했던 당신이었다. 짐 싸고 풀기, 낯선 사람들이 가득한 공간에서 주눅 들지 않고 스며들기의 달인이라고 자부했는데 정작 낯선 사람들이 무표정한 얼굴로 키보드를 두드리는 사무실이 어색하다. 가장 익숙한 공간이라고 생각했는데 공기에 바늘이라도 돋은 것처럼 껄끄럽고 우울하다.

핸드폰이 부르르 떨린다. 옛 직장 동료가 보낸 메시지가 액정에 뜬다.

'웰컴 투 닭장 월드. 파리션 사육장으로 돌아온 것 축하해.'

당신은 잠깐 멍하다가 까르르 웃음을 터뜨린다. 오후 두 시쯤이면 달인의 기술로 눈 뜨고 조는 사람들을 떠올려서다.

'정말 닭장이네, 그럼 나는 닭인가? 그것도 방목이 아닌 사육 닭? 내가 낳은 알은 얼마나 프리미엄이 붙을까?'

동료의 답장이 빠르다.

'무식한 소리를 왜 해? 달걀의 프리미엄 여부는 어미 닭이 아니라 사육장의 환경으로 정해지는 거 몰라? 우리가 낳은 달걀은 청담동에 기웃거리지도 못해.'

하~ 한숨이 끝나기도 전에 다시 메시지가 깜빡거린다.

'양산 알 품질 걱정하지 말고 들어가서 일이나 하셔. 일은 변하지 않아. 사람이 문제지.'

신입사원 때였다면 이십여 분 자리를 비웠으니 사무실

문 여는 것도 조심스러웠겠지만 당신은 경력직이고 성격은 느긋한 편이다. 물론 여기도 뒷담화로 스트레스를 푸는 사람들이 있을 거란 걸 안다. 뒷담화하는 사람이 아무도 없는 직장이라면 좀 무섭지. 그건 당신이 스트레스로 지금 쓰러져 사경을 헤매는 도중 잠깐 만난 천국의 임사체험일지도 모른다. 그리고 다른 의미로도 무서운데… 뒷담화하는 사람이 아무도 없다면 대체 당신은 누구와 뒷담화를 한단 말인가. 뒷담화를 자주 하지는 않지만 뒷담화할 사람이 아무도 없는 성인의 마을에 들어와 산다면 속인에 불과한 당신은 견딜 수 없을 것이다.

다시 바라본 모니터엔 익숙한 일거리가 떠 있다. 맞다. 일은 어디 가도 변하지 않는다. 일을 미워한 적은 없다. 사무실 안팎의 삶이 부스러질 때 역설적으로 당신의 멱살을 잡고 질질 내일로 끌고 간 것은 마감이 정해져 있는 일이었다. 어려서부터 근면성실을 몸에 박아 넣는 대한민국의 교육 제도 탓인지, 당신이 원래 남의 눈치를 많이 보는 편이라 그런지 당장 죽고 싶어도 당신의 작업 완료 메일을 기다리는 사람이 있다면 그 메일을 보내고 죽어야겠다고 자연스럽게 생각하곤 했다. 그런 당신을 보고 팀장은 소심하고 극단적이라고 했고, 동료들은 알아주는 사람도 없는데 책임감만 세다고 했다. 그런 말들은 상처가 됐다. 변함없는 것은 일뿐이었다. 일이 당신이 낳은 양산 알인지, 양산 알을 낳게 하는 전등 불빛인지는 모르겠지만.

아마 오늘 점심시간에 당신은 앞으로 소소하게 이야기를 나눌 만한 사무실 동료 후보 몇을 찜할 수 있을 것이다. 그리고 일주일 안에 남이 보면 절친으로 착각할 만큼 함께 웃고 산책하고 커피 마시고 수다 떨 사람들을 찾아낼 것이다. 가끔은 퇴근하고 함께 근처 술집으로 몰려가기도 하고 서로 다른 프로젝트로 갈라져도 메신저로 끝없이 흉보고 절규하고 칭찬하고 웃는 사이가 될지도 모른다. 더운이 좋다면 당신이나 그 사람이 다른 곳으로 옮겨 가도 한 달에 두어 번 이상은 연락하고 지낼 수도 있다. 하지만 그와 동시에 당신이 지금 더듬거리며 끌고 가는 첫 업무의 결과물을 두고 짜증을 부리거나 흉보는 사람들이 있다.

당신이 새로 입고 온 옷을 흉보거나 어지러운 책상을 두고 지적하고 말투나 걸음걸이를 흉내내며 유치한 흠집 내기를 계속하는 사람들도 있다. 당신을 믿을 수 없다고 단언하는 상사도, 중요한 것은 다 제쳐 두고 사소한 실수에 집착하는 고객도, 아무도 신경 쓰지 않는 자신만의 전쟁을 선포하고 호승심에 불타는 동료도 있다. 당연히 있다. 아무리 신경 쓰지 않으려고 해도 그들이 당신과 같은 사육장의 닭인 이상 당신은 내내 상처 입을 것이다. 어쩌면 새로운 트라우마가 생길지도 모른다. 이렇게나 많은 퀘스트를 완료하고 레벨을 올려서 당신은 중급 모험자가 되었음에도.

그렇게 생각하며 쓴웃음을 짓는 당신이 놓친 모 선배의 로그가 있다.

'인생은 길어, 걸어 아가씨야.' [1]

---

1   모리미 도미히코의 『밤은 짧아 걸어 아가씨야』라는 소설이
있다. 이 세상의 모든 이야기가 그렇듯 호불호가 갈린다. 당신
은 어떨까?

▶ 남의 떡이 늘
더 탐나는 법이지

그 후로 얼마나 시간이 흘렀나. 당신은 이제 전생의 일처럼 느껴지는 파리를 떠올린다. SNS가 알려 주는 과거의 오늘이 좀 더 추웠지만 생소하게 반짝거렸던 이국의 도시를 보여 주고 있다. 그 안에 담겨 행복한 척 웃고 있지만 정체 모를 불안에 흔들리고 있었던 자신을 지금의 당신은 기억할까.

결국 급하게 구한 새 직장은 오래 다니지 못했다. 어쩐지 면접이 허술하다 싶었다. 일은 두서없이 진행됐고 늘 일어난 사고를 수습하느라 바빴다. 완벽주의자는 아니지만 깔끔한 편이었던 당신의 성격으로는 견디기 어려운 곳이었다. 그 이후로 몇몇 회사를 전전했다. 사직서는 한 번 쓰기 어려운 법이지 두 번부터는 결심도 이행도 쉬웠다. 퇴사하기는 초급 모험가가 중급 모험가로 레벨 업 하기 위한 시련일 뿐, 중급부터는 중간 보스도 아닌 그저 이벤트로 튀어나오는 몬스터에 불과한 것처럼 여겨졌다. 퇴사가 이벤트라니, 그건 너무 안일한 말일 수도 있지만.

중간중간 공백기에 여행도 곧잘 다녔다. 몇 개월 전부터 꼼꼼하게 계획해 저가항공을 예매하고 젊은이(라기엔 조금 뻔뻔할 수도 있지만 지금은 백이십 세 시대라니까 삼십 대인 당신은 햇병아리인 셈이다)의 패기로 남녀 혼숙 게스트 하우스에서 뜬눈으로 밤을 지새기도 하고 커다란 배낭을 메고 씩씩하게 낯선 나라의 시골길을 걸었다. 생존영어의 달인이 되었고 여행지에서 만난 외국인과 썸을 타기도 했고 당신은 상상도 못 할 타인의 일상 이야기를 제법 여유 있게 듣기도 했지만 결국은 귀국하는 비행기를 탔다. 그 비행기를 타기 위해 여행을 한 것처럼 귀국하는 비행기 속에서 당신은 가장 행복했다.

그래서 당신은 이제 무슨 생각을 하는지 모를, 무념무상의 표정으로 이를 닦는다. 회사까지는 지하철로 40분. 이 커다란 도시에서 출근 시간이 1시간 안이라는 것은 굉장한 일이다. 비록 중심가에 방을 얻느라 조그만 원룸 신세이긴 하지만 아침마다 정수리에 쏟아지는 아버지의 따가운 눈빛과 결혼은 언제 하냐는 어머니의 성화에서 달아난 것만 해도 어깨에서 큰 짐을 내려놓은 것처럼 해방감이 느껴졌다. 영혼을 끌어모은 것은 아니지만 대출 없이 방을 얻느라 통장은 텅 비었다. 거의 잔고 0의 상태에서 생활감을 불어넣기엔 몸 하나 눕히기도 벅찬 이 좁은 방을 소유한 것만으로도 주변에서는 대단하다 칭송했지만 당신은 늘 불안하다. 프로젝트에서 프로젝트로 옮겨 다니기만 했던 지난 십 년, 이력서는 제법 화려했지만 정작 당신은 무얼 할 수 있나. 당신이 얻은 기술은(그런게 있다면) 당신이 회사를 나오면 아무 데도 쓸 수 없는 허망한 거품일 뿐이다. 그런 초조함이 가끔 목덜미를 서늘하게 어루만지지만 당신은 꺼림칙함을 애써 무시하려는 듯 이내 태연한 표정을 지었다. 아직은⋯ 괜찮아.

괜찮아? 오늘은 아침부터 전 직장 OB 단톡방이 떠들썩하다. 누구 생일도 아닌데 축하 메시지가 화면 가득이다. 명랑 씨가 임용 고사에 합격했다. 직장을 그만두고 자취집도 정리한 후 노량진 고시촌 쪽방으로 들어갈 때만 해도 당신을 비롯한 모두가 형식적인 격려만 했을 뿐 무모한 짓이라고 생각했다. 그런데 단 이 년 만에 명랑 씨가 진짜 임용 고사에 합격할 줄이야. 당신은 무심코 목덜미를 문지른다. 살짝 소름이 돋는다.

사실 명랑 씨는 당신에게 함께 공부하자고 권유했다.
"땡땡 과장님, 우리 하는 일이 별다른 기술이 쌓이는 것도 아니고 알량한 퇴직연금 바라보기엔 너무 막막하잖아요. 그리고 스트레스도 심하고요. 물론 교사 일이 스트레스가 없진 않겠지만 일단 잘릴 염려 없고, 공무원 연금도 나오니 한번 도전해 봐요. 철야하던 체력으로 공부 그거 못 하겠어요.”

늘 얌전하고 온화하던 명랑 씨가 뜻밖에 적극적으로 나오자 당신은 움찔했다. 공부? 불이 꺼지지 않던 도서관, 달걀귀신처럼 줄지어 앉아 있던 사람들의 얼굴이 떠오르면서 당신은 저절로 고개를 저었다. 지루하지만 평화로운 지금의 일상은 당신의 초·중·고, 대학의 치열한 시간들로 쌓아 올린 거다. 명랑 씨에겐 미안했지만 당신은 지금이 그렇게 나쁘지 않았다. 그리고 명랑 씨가 말하는 것처럼 그 너머 미지의 생활이 매력적일 거란 보장도 없었다. 일이 년으로 되지 않을 수도 있는데, 그다음엔 돌아올 길이 막막했다. 어중간한 나이에 어중간한 경력 단절, 적당한 자리를 찾아 다시 이 생활의 안정감을 누릴 수 있을지 당신은 확신할 수 없었다. 무모한 모험에 다시 나서기엔 당신은 이미 뼈가 굵은 고급 모험자가 되었으므로.

그런데 명랑 씨가 해낸 거다. 사람들의 부러움 섞인 축하 인사를 읽으며 당신은 갑자기 초조해진다. 사실 그건 손에 넣을 수 있는 치트키 아니었을까. 더 나은 세계로 전생할 수 있는 기회가 아니었을까. 수락하고 노력하면 열리는 문이 아니었을까. 명랑 씨가 당신보다 나은 점이라고는 아무리 생각해도 찾을 수 없는데. 겸손한 척하지만 들뜬 기분을 감추지 못하는 명랑 씨의 톡을 읽으며 당신은 아무래도 뭔가 잘못된 것만 같은 기분이 든다.

　　가만히 톡방을 들여다보다가 당신은 더 우울해진다. 불끈 씨는 공기업으로 이직에 성공해 지금 당신보다 훨씬 많은 연봉을 받는다. 새침 씨는 늦깎이 한의대생이 되어 곧 졸업을 앞두고 있다. 꽐라 씨는 자동차 딜러가 되었는데 매달 영업왕 칭호를 받는다. 괜찮은 영업 라인을 잡은 모양이라고 동기인 두근 씨가 샐쭉거리며 알려 주었다. 두근 씨는 옛 회사에 그대로 남아 있는 몇 안 되는 동기인데, 오래 버티니 곱게 봐 주는 윗자리 인맥도 늘어 이번에 차장으로 승진했다. 관리직이 되니 요령만 있으면 하루가 편안하다며 (두근 씨는 이렇게 말했다. "관리라는 것이 열심히 하

면 애들이 못 견디겠다고 난리고 티 나게 놀면 무능하다
고 수군거리니까. 관리는 적당히 신경 쓰는 척하면서 애들
이 알아서 하게 자리나 펴 주는 거지. 하하.") 두근 씨는 요
즘 퇴근 후 사회인 댄스 동아리에서 사교댄스에 열을 올리
고 있다. 보아하니 거기서 괜찮은 사람도 만난 모양이다.

당신은 갑자기 모래로 만들어진 것처럼 발끝부터 허물
어지는 느낌이 든다. 열심히 살아왔다. 잡지나 방송에 실릴
만큼 세상에 이름을 떨치진 못했어도 받는 급여에 부끄럽
지 않을 정도로 열심히. 당신이 함께 하는 프로젝트라서
안심이 된다는 동료들도 있다. 프로젝트마다 당신을 지명
하는 피엠(Professional Manager)도 있다. 바쁠 때는 끼니
도 거르고 화장실도 제때 못 가며 일했다. 그런데 이건 뭐
지? 당신을 빼고 세상은 너무 완전하게 돌아가는 느낌이
다. 오로지 당신만 빼고.

기묘하게 비틀린 이 느낌은 사실 오래되었다. 이제 더
이상 후배들의 대화에 편안하게 끼어들지 못할 때, 빠른

일처리보다 더한 무언가를 원하는 듯 팀장이 물끄러미 바라볼 때, 무엇보다 당신의 등을 든든하게 받쳐 주는 것처럼 느껴지던 일이 더 이상 실감나지 않을 때. 열심히 무언가를 하루 종일 했지만 퇴근하면서 오늘 한 일이 무언지 생각하면 도저히 생각이 나지 않을 때.

하지만 정답을 모르겠다. 당신은 혼란스러운 마음을 애써 잊으려는 듯 휴대폰을 덮어 두고 다시 키보드 위에 손가락을 올린다. '다들 똑같이 살고 있어. 나만 뒤처지는 게 아냐.' 스스로에게 확신에 가득한 목소리로 말을 걸면서.

지금을 열심히 사는 것, 이게 정답이야.

…더 열심히 살면 돼.

▶ 하얗게 불태웠다면
재라도 더 태워

합법적(?)으로 쉴 수 없냐는 누군가의 푸념에 팀장은 웃으며 대답했다.

"일을 못 하게 되면 그러겠지. 사무직이라면 음… 손가락이라도 부러지면 되려나?"

무슨 말씀을 그렇게 무섭게 하세요, 하며 모두가 깔깔거렸지만 입이 방정이라고 설마 당신이 겪게 될 줄은 몰랐다. 그리고 더 최악인 것은, 손에 반깁스를 한 상태로 당신은 지금 사무실에 앉아 있다는 거다. 손가락이 부러지면 쉴 수 있다며 호언장담한 팀장은 당신이 월요일 아침부터 팔에 깁스를 하고 왔는데도 흘긋, 쳐다보며 목례만 할 뿐 어쩌다 다쳤느냐고 묻지도 않았다. 당신과 팀장이 평소에 소원한 사이도 아니었다. 지난 금요일에만 해도 좋아하는 커피가 뭐냐며 메신저로 실없는 질문을 하며 졸리다고 징징거린 팀장이었다. "전 라테가 좋아요."라고 대답하자 "응, 난 아메리카노."라고 하기에 한잔 사 주려나 잠깐 기대했지만 곧 졸리지 않냐며 칭얼거리기에 바쁘다고 대답하고 창을 닫았다. 설마 저 차가운 반응이 커피를 사 주지 않아서는 아니겠지, 당신은 한숨을 내쉬며 자리에 앉는다. 마음이 복잡하다.

모처럼 여유로운 토요일, 꽃시장에서 화분 몇 개를 사 온 것이 화근이 될 줄은 몰랐다. 우울해, 아니 지루한가, 하며 한숨을 짓는 당신에게 후배가 뭐라도 키워 보라며 식물 몇 개를 추천해 주었다. 좁은 원룸에 화분을 놓기가 부담스럽기는 했지만 블로그며 인스타그램에 올라온 푸릇푸릇한 식물 인테리어가 마음을 씻어 주는 느낌이었다. 막상

꽃시장에 가자 푸르고 싱그러운 식물들이 마음에 불을 붙였다. 고즈넉한 휴일 오후, 가벼운 차림의 사람들이 여유롭게 꽃시장을 거닐었다. 화원의 주인들은 모두 넉넉하고 평화로운 미소를 짓고 상냥하게 말을 걸었다. 식물을 기르면 단순한 힐링이 아니라 막연히 동경하던 라이프 스타일에 가까워지는 것이 아닐까, 당신은 들떴다. 화분 하나하나의 가격이 그렇게 비싸지 않았던 것도 컸다. (물론 집에 돌아와 냉정하게 계산해 보니 그렇지만도 않았지만. 원래 시작이 어려운 법, 하나를 사기가 어렵지 연달아 여러 개를 사는 것은 생각보다 쉽다. 애초에 당신은 그런 면으로는 의지가 굳건하지 못하기도 하고.) 차도 없으면서 두 손으로 들기도 버거울 정도로 잔뜩 사고서야 당신은 정신을 차렸지만, 이미 늦었다. 낑낑거리며 화분을 집으로 가져온 후 인터넷으로 산 선반을 조립하기 시작했다. 비닐봉지에서 흙이 흘러나와 바닥이 더러워졌다. 푸르고 상쾌한 꽃시장을 나오자 화분들은 조잡하고 버거워 보였다. 뭐, 그리고 불운한 하루의 끝이 그러하듯 어설프게 조립한 선반이 무너졌고 당신이 엉겁결에 손으로 막으면서 손등에 금이

갔다. 야간 진료하는 병원을 찾으니 깁스하고 되도록 손을 쓰지 말라고만 했다. 지금은 역시나, 프로젝트 중인데. 그것도 잘 풀리지 않는 프로젝트.

처음에는 규모가 작은 프로젝트라고 모두가 가볍게 시작했다. "이 정도는 짬으로 하는 거지." 킥오프를 하면서 모두가 호탕하게 웃었다. 그 웃음은 한 달 후 무거운 한숨으로 바뀌었다. 가벼운 인사에도 낯선 대답이 튀어나왔다. 진도는 나가지 않고 회의마다 고성이 오갔다. 이런 경우 결국 누구랄 것도 없이 남 탓을 하게 된다. 팀장이 당신을 따로 불러내서 부탁한 것도 '분위기'였다. 사람이 하는 일이라 사람 사이만 돈독하면 어지간한 어려움은 헤쳐 나갈 수 있지 않겠냐는 팀장의 말에 당신은 별다른 반박을 하지 못했다. 고집을 피우며 이것이 갑질인 줄도 모르고 매번 결정을 번복하는 고객사 담당자와 그 앞에서 맥없이 고개만 끄덕이는 팀장 때문에 프로젝트에 참여한 인력들이 진저리를 치고 있다는 것을 정작 문제의 당사자는 모르고 있었다. 그리고 당신은 그걸 굳이 알려 줄 만큼 심지가 굳은 사람은 아니었다.

　　당신도 납득하지 못하는 일을 후배나 동료에게 설명할 재주는 없어서 당신은 그저 하던 대로 묵묵히 일했다. 화를 내는 후배를 일찍 퇴근시켰고 의미 없다, 노래 부르듯 가방을 꾸려 칼퇴하는 동료의 등을 멍하니 쳐다보았다. 진도가 나가지 않는 일은 점점 당신 앞에 쌓였고 어느새 당신의 책임이 되어 있었다. 몸은 고됐지만 마음은 편했다. 아무도 없는 사무실에 혼자 앉아 새벽까지 일하면서 당신은 문득 당신이 초급 모험자였던 어느 겨울을 떠올렸다. 그때는 스산하게만 느껴졌던 사무실의 고요가 지금의 당신에게는 평화로움으로 여겨졌다. 시끄럽게 떠드는 입과 날선 눈빛 들이 사라지자 비록 압박감으로 정신은 너덜너덜하고 연이은 야근으로 눈도 제대로 뜰 수 없어도 당신은 평화로웠다.

　　그 평화에 속았을까. 당신은 다시 한숨을 쉰다. 팔 고정대를 풀고 조심스럽게 겉옷을 벗는 동안 옆자리며 앞자리 누구도 당신에게 왜 다쳤냐고 묻지 않는다. 키보드 위에 조심스럽게 손가락을 올리고 아주 약간만 움직여 본다. 손가락 한마디만 살살 움직이면 어떻게든 타자를 칠 수 있다. 당신은 안심한다. 그리고 안심하는 스스로에게 화가 난다. 사무직은 손가락 나가면 쉬어도 된다면서! 왜 아침에 팀장에게 연락해 손을 다쳐서 일주일 정도 쉬어야겠다고 말을 하지 못한 거야!

하지만 메일함을 여는 순간, 당신은 다시 일에 몰두한다. 도미노처럼 밀려오는 일들, 난이도 중(中)의 자잘한 퀘스트들이 오늘 당신의 모험 일정이다. 무기력한 당신을, 지루한 당신을, 우울한 당신을 잊게 해 주는 최고의 명약. 해결 가능한 어떤 일들. 당신을 서늘하게 하는 어떤 속삭임은 애써 밀어 두고 당신은 조심조심 키보드를 두드린다. 눈치를 보며 (아니, 대체 왜) 병원에 가서 온찜질을 하고 진통제를 받아 오기도 한다.

이주일 후, 깁스를 풀고 출근하자 팀장은 늘 그렇듯 고개를 들어 인사를 하다가 '어?' 한다.

　"땡땡 과장, 깁스 풀었네. 다 나았어?"
　"… 네."
　"아아, 그렇지. 첫날은 저래서 일할 수나 있겠나 싶었는데 본인이 할 만하니까 출근했겠지 싶어서…. 그런데 역시나 척척 일을 하기에 괜한 걱정해서 심란해질까 봐 말 안 했어. 하하."

　당신의 마음에 불쑥 드는 한기는 아마도 순간적인 살의에 가깝다. 저 태연한 반응을 악의라고 불러야 하나. 보통 저런 경우, 당신이 당사자가 아닌 관찰자였다면 이렇게 말했을 거다. '팀장님이 사람이 좀 어리숙해서 말을 잘 못하니까. 그런 뜻 아닐 거야. 나쁜 사람은 아냐.'
　그런데 저건 확실히 악의가 아닌가? 당신은 차가운 분노에 휩싸여 스스로에게 묻는다. 보고 싶지 않은 것은 보지 않으려는 저 '자기밖에 모르는 짐승'이 과연 악한 존재가 아닌가? …… 모르겠다. 자리에 앉는 당신에게 옆자리 후배가 불쑥 초콜릿 하나를 내민다. 곧 메신저 창이 띵~ 하고 올라온다.

과장님, 이해하세요. 이 프로젝트, 과장님 없으면 돌아가지 않으니까 팀장님도 어쩔 수 없으셨을 거예요⋯. 죄송해요, 솔직히 저도⋯ 과장님 쉬신다고 할까 봐 조마조마했어요.

당신이 중급 모험자 시절만 해도 이런 공치사에 위로를 받았겠지만 당신은 나름대로 수라장을 헤쳐 온 고급 모험자다. 이 말 아래 깔려 있는 마음을 당신은 냉정하게 읽는다. 같이 나쁜 놈 되기는 싫다는 거네.

그리고 당신 하나 없다고 돌아가지 않는 일이란 없다. 어리석었던 당신이 계속 일을 해 주니까 거기에 업혀 가는 사람들이 있었을 뿐. 당신이 없다면 누군가 또 당신 역할을 했을 테고 그러지 않았다면 무능해 보이기만 하던 팀장이 해결사로 나섰을 거다.

하지만 열심히 일하는 당신이 바보라는 건 아냐. 당신은 어제 퇴근길에 우연히 발견하고 열어 본 모 선배의 로그를 떠올린다. 결국 너도 교활한 거야. 그렇게 너 자신을 다른 사람보다 성실하다고 우수하다고 포장하고 싶었던 거니까. 당신은 오래 쪼그려 앉아 모 선배의 로그에서 뿜어 나오는 희미한 빛을 더듬었다. 먼저 이 길을 걸어간, 이 낯모를 사람은 대체 무슨 마음으로 여기 이런 로그를 남긴 걸까.

　　그렇게 시간은 태연하게 흐른다. 여전히 팀장은 늦은 오후가 되면 졸리다며 온갖 싱거운 농담을 메신저로 해대고, 그걸 적당히 받아치거나 무시하면서 프로젝트도 어영부영 종반으로 향하던 어느 날 출근을 하니 사무실이 소란하다.

　　"무슨 일? 팀장님 아직 출근 전?"
　　겉옷을 벗어 의자에 걸며 묻자 하얗게 질린 얼굴로 옆자리 후배가 답한다.

"팀장님 아침에 쓰러지셨대요. 119에 실려 갔는데 아직 어떻게 됐는지 연락이 없어서…"

"뭐? 쓰러져? 왜 쓰러졌는데?"

"아침마다 조깅을 하시는데 갑자기 가슴을 움켜쥐고 쓰러지셨다고…. 심장 발작인지 잘 모르겠어요…."

당신도 가슴이 철렁 내려앉는다. 심각한 건가? 사무실 공기가 술렁거린다. 프로젝트는? 프로젝트는 대체 어떻게 되는 거지?

당신의 머릿속에 처음 재생된 질문에 당신의 몸이 굳는다. 그리고 마음이 밖으로 흘러나와 전염이라도 되는 것처럼 비로소 사무실의 수군거림이 들린다. 프로젝트는 어떻게 되는 거야? 젠장, 일도 안 하면서 마지막에 사고 제대로 치시네.

어수선함도 잠시. 십여 분 지나고 근무 시작 시간이 되자 사무실은 다시 고요하다. 키보드 치는 소리만 신경질적으로 들린다. 당신도 메일함을 연다. 오늘 처리할 퀘스트들이 당신 앞에 어김없이 놓여 있다. 당신은 이 길을 가야만 한다.

그리고 사람은 쉽게 죽지 않는다. 일주일 정도 입원한 후 돌아온 팀장이 직접 한 말이다. 죽기 싫으면 담배 끊고 술 끊으라고 했다며 팀장은 여유롭게 담배에 불을 붙였다.

"대학병원이란 데도 나름 조직이니까 거기 있는 의사며 간호사 들이며 높든 낮든 스트레스 있을 거 아냐? 의사들이 골초에 꽐라라고 하던데 남한테 허울 좋은 소리나 늘어놓기는. 위아래로 치이는 데다가 나 자신한테도 치이는데 담배라도 안 피우면 그야말로 심장 마비로 죽을걸?"

"아, 그래도 조심은 하셔야죠."

"아 몰라몰라, 죽으면 마누라한테 사망보험금은 가겠지. 그나저나 땡땡 과장은 무슨 커피 좋아해? 난 아메리카노!"

언제 닥칠지 모르는 죽음보다는 당장의 식곤증이 무섭다. 이달 나갈 카드 대금이 무섭다. 쥐꼬리만큼도 오르지 못할까 봐 불안한 연봉이 무섭다. 아무리 노력해도 누군가는 흉을 볼 거라면 퇴사는 불안만 늘리는 일이다. 나가지 못할 절에서 중이 적응하는 방법은 여러 가지가 있다.

당신도, 팀장도 안다.

"모두가 자기 자리에서 어떻게든 버려 주는 거, 그게 중요한 것 아냐? 그게 단지 이기적인 이유일지라도."

도망치고 싶을 만큼 무섭진 않을지라도 내일은 오고, 그 자리에서 버티는 각자의 이유가 모여 그 내일을 가능하게 한다. 비록 그것이 공복에 마시는 얼음물처럼 차갑게 몸을 흐를지라도.

▶ 되돌려주고 싶은 질문들

"현빈이 그랬잖아, 그게 최선입니까, 아으. 현빈 얼굴 아니었으면 내가 TV 부술 뻔했다!"

"그게 언제 적 드라마야. 그런데 왜 그 대사는 잊히지도 않고 계속 리바이벌이냐. 그것도 현실에서."

오랜만에 만나도 어제 만난 것처럼 대화는 늘 똑같다. 원수보다 더한 상사는 어디에나 있고 머리에 뜬구름만 가득한 것처럼 맥락 없는 고객도 어디에나 있다. 당신 정도

연차의 고급 모험자라면 건방진 후배는 기본이다. 건방지기만 해도 사실 다행이다. 게으르거나 정치적이거나 무능하거나 순진하거나 어찌 되었든 후배는 '골칫덩이'다. 그리고 여기에 꼭 따라붙는 착각은 '나는 안 그랬는데'다. 싫어했던 것들은 어쩜 그렇게 빨리 습득하게 되는지. 당신이 이세계에 처음 들어와 아무것도 모르던 초급 모험자 시절, 처음 사수가 되어 돌봐 줘야 할 후배가 생겼을 때, 당신이 가장 치를 떨며 싫어했던 '우리 때는 어쩌구' 멘트가 이렇게 쉽게 나올 줄이야.

당신은 어제 퇴근하다가 위경련을 일으키며 쓰러졌다. 퇴근 직전 받은 이메일이 당신의 위를 움켜쥐고 할퀴었다. 고객이 확인해야 할 고객사 내부 규범을 확인하지 않고 문제가 생기자 사과 메일을 대신 써 달라는 내용이었다. 와서 직접 말을 하지 않았기 망정이지 벌떡 일어나 뺨을 때리고 싶었다. 팀장에게 달려갔다. 팀장은 흘깃 올려다보더니 모니터에 뜬 장바구니 목록으로 눈을 돌렸다.

"땡땡 과장, 우리 막내가 RC카(무선조종 자동차)를 사 달라는데 왜 이리 비싸냐. 오후 내내 찾아봐도 한숨이 절 로 나오네."

　오후 내내 사무실에서 인터넷 쇼핑을 그렇게 당당히 하는 팀장을 보면서 한숨이 절로 나왔다는 말은 할 필요 도 없다. 팀장 스스로도 알고 있으니.

"써 줘라. 그깟 거. 걔도 오죽하면 염치 불구하고 땡땡 과장한테 떠밀겠어. 죽어서 지옥 갈 놈이니 보시한다고 생 각하고 써 줘."

"그 메일 제가 보내면 우리 쪽 잘못이라고 인정하는 셈 이 되는데요."

"우리 쪽 잘못이라기보다는… 우리 담당자 잘못이라고 생각하겠지. 그쪽 높으신 분은. 하지만 진실은 우리 모두 알고 있잖아."

　하지만 당신은 알고 있다. 무슨 문제가 생기면 이 대화 는 허공에 날아갈 무엇이고, 모두가 알고 있지만 당신을 위해 나서 줄 사람은 아무도 없다는걸. 손톱이 손바닥에 박혀 자국이 날 지경으로 주먹을 꽉 움켜쥐었지만 저 영혼 없는 얼굴을 후려갈길 용기는 없다. 당신은 자리로 돌아와 분노로 키보드를 꾹꾹 누르며 메일을 썼고 퇴근 시간이 되자마자 가방을 챙겨 사무실을 떠났지만 버스 정류장까지 가기도 전에 배를 움켜쥐고 쓰러졌다. 세상이 거꾸로 돌았다. 뒤이어 퇴근한 옆자리 동료가 길 구석에 웅크리고 있는 당신을 우연히 발견해 택시를 태워 주었기 망정이지 하마터면 길바닥에 쓰러져 있다가 독감까지 걸릴 뻔했다, 는 이야기를 차마 풀지도 못하고 있다, 당신은. 앞에 앉은, 광전사 모드가 된 친구가 미친 듯이 술을 마시며 알지도 못하는, 하지만 왠지 아는 사람인 듯 친숙한 자신의 팀장을 욕하고 있기 때문이다. 안녕, 인사 대신 진짜 죽일 놈이지 않냐, 로 시작한 오늘의 만남에서 당신은 아마 헤어질 때까지 적당히 들어 주고 맞장구쳐야 하는 역할일 것이다.

“아니, 이렇게 수정하라고 해서 그렇게 해서 줬더니 자기가 한 말은 이게 아니라는 거야. 그럼 말이라도 구체적으로 해야 하는 거 아니냐. 짬을 그렇게나 먹었는데 척하면 척 아니냐는데, 야, 내가 디자이너지 독심술사냐. 내가 그런 능력 있으면 지금 여기 있겠냐고."

아, 저 말도 어쩜 이렇게 낯익냐. 당신은 귀에 피가 날 것 같은 친구의 푸념보다 듣지 않아도 알 것 같은 내용이 기막히다. 당신이 초급 모험자이던 시절, 흡연 구역 비상계단 끝자락에 쪼그리고 앉아 애꿎은 커피잔만 빙빙 돌리며 듣던 선배들의 푸념. 당신 눈에는 못하는 것 없이 여유로워 보이기만 했던 선배들도 일을 하면서 애를 먹는구나, 그럼 나는 얼마나 팀장 눈에 한심해 보일까, 하며 어깨가 움츠러들던 못난이 시절. 그때 밤하늘에 흐르는 것은 별빛도 아니고 패, 경, 옥, 이런 이국 소녀들의 이름도 아니고 프랑시스 잠이나 라이너 마리아 릴케도 당연히 아니고 어느덧 고인 당신의 눈물도 아니고 담배 연기였다. 오래 입어 후줄근한 바지를 버리지도 못하고 또 빨아 널어놓은 듯 제법 물이 빠져 흐리멍텅한 밤하늘로 담배 연기가 번지고 있었다. 마치 눈을 감으라는 듯. 눈을 똑바로 뜨고 있어도 저 너머는 보이지 않는 것이 이 불빛 휘황한 도시의 규칙이라는 듯.

　당연히 현빈이 아닌 당신과 친구의 팀장은 약속이라도 한 것처럼 "이게 최선이냐고" 묻는다. 물론 최선이 아닐 수도 있다. 하지만 중세 시대 장인의 작품도 아니고 21세기 회사에서 한 사람이 오롯이 혼자만의 결정으로 무언가를 만들지 않는다. 결과물 하나가 나오기 위해 수많은 아이디어가 오가고 잔소리로밖에는 들리지 않는 참견들도 수도 없이 들러붙고 검토와 피드백, 재작업과 다시 검토, 피드백 그런 지겨운 루틴이 돌고 돌아 지금 당신과 친구가 내어놓는 결과물이 되는 것이다. 지금 눈앞에서 얄밉게도 "이게 최선이냐고" 묻는 저 사람의 의견도 물론 반영된 결과물. 하지만 그런 고군분투는 모두 잊고 예의바른 듯, 하지만 한심하다는 표정을 숨기지도 못하고 최선이냐고 되묻는 사람 앞에서 아무 쓸모도 없는 경력자의 자존심이 고개를 들면 말문이 막히고 속만 부글부글 끓는다. 정작 위험한 상황이 오면 '진실은 우리가 알고 있으니까'라며 벼랑으로 떠미는 주제에. 그럼 그게 너의 최선이냐고 되묻고 싶지만 등 뒤에서 보지 않으면서 보고 듣지 않으면서 듣는 저 수많은 눈과 귀가 무섭다. 대화의 내용은 무시되고 큰소리를 낸 당신만 스포트라이트를 받으며 사무실 뒷담화의 중심이 될 테니까.

"최선이라는 말을 그렇게 써도 되나 싶다. 최선이지, 최고가 아니잖아. 차라리 난 너의 최고를 원한다고 할 일이지. 정말… 양심이라고는 없지 않냐. 대한민국에서 승진하려면 소시오패스가 되는 길밖에는 없나 봐."

당신은 계속 고개만 끄덕이느라 마시지 못하고 따라 놓기만 했던 술잔을 들어 단숨에 마신다. 속이 뜨거워진다. 친구야, 우리 최선을 다하지 말자. 최선을 다하고 망가지느니 최선을 다하지 말고 그냥 적당한 최고를 만들자. 알지? 최선을 다하지 않는 것이 최선을 다하는 거야. 정말 어려운 일이거든, 그거.

▶ 아침마다 손으로 발로 문지르는
나의 거울

당신이 처음 이세계에 들어왔던 초심자 시절, 무언가 힌 트라도 얻을 수 있을까 싶어 서점의 자기계발 코너에 찾아 가면 온통 '리더십'에 대한 책뿐이었다. 좋은 리더가 좋은 조직을 만든다는 책은 도처에 널려 있었지만 현실에선 책 에서 읽은 좋은 리더라고는 찾아볼 수 없었다. 어린 시절 에 읽었던 책이 무의식중에 남아 있었던 건지, 무능력하지 만 진심으로 미워할 수는 없었던, 인간 냄새 풀풀 나는 그 지긋지긋한 상사들을 거절하고 싶었던 건지 모르겠지만 당신은 마음속으로 '꼰대' 소리만은 듣지 말자는 말을 수도 없이 외치며 지겨운 조직의 사다리를 타고 올랐다. 광화문 큰 서점 뒤편 지금은 사라진 참새구이를 안주로 내놓는 술집에서 구역질이 올라오는 것을 참으며 본부장의 잔에 술을 채우던 시절에도 당신은 미소 지으며 속으로 차갑게 중얼거렸다. 지금 내 눈앞에 있는 저 사람처럼은 되지 말자, 절대.

그렇게 적어도 무능력한 꼰대가 되지는 않았다고 생각하며 나이를 먹었건만, 왜 당신은 아직도 퇴근 후 서점의 자기계발 코너에 우두커니 서서 매대에 널린 책들을 망연한 눈으로 훑고 있나. 보자보자, 들여다보니 직장인 자기계발 코너에는 '팔로우십'을 부제로 단 책들이 가득하다. 그리고 종종 '번아웃'이니 '직장인 우울증'이니 '무기력증'이니 하는 척 봐도 위로의 메시지 가득한 책들이 끼여 있다. 좋은 리더가 되려고 달려와 이제 직장에서 관리자가 되자 세상은 '리더는 사라지라'고 한다. 리더 한 사람이 끌고 가는 조직은 건강하지 않다고 한다. 리더의 존재감은 죽이고 조직의 구성원들이 제각각의 힘을 발휘해 다양하게 발현하는 조직이 건강하다고 한다. 아니, 건강이라니. 최선도 최고도 아닌 이제 세상은 건강한 성과를 원하는 건가. 밭에서 화학 비료도 주지 않고 키워낸 아기 주먹만 한 감자며, 벌레 먹은 구멍이 숭숭한 배추 같은 것 말인가. 애초에 회사라고 하는 공간에서 건강이라니 있을 수 있는 말인가.

당신은 조금 전까지 퇴근도 못 하고 이를 갈며 들여다보던 모모 씨의 보고서를 다시 떠올린다. 텃밭에서 캐낸 감자며 배추는 바로 그 보고서를 말하는 거겠지. 풋내 가득하고 성글고 어설프지만 싱그러운. 당신이 수도 없이 반려당하며 '최고가 아닌 최선'을 만들어내던 그 시절의 얼굴을 하고 모모 씨는 보고서를 메일로 보냈겠지. 아직 검토 의견을 주지도 않았는데 퇴근 시간이 되자 모모 씨는 일 분도 아깝다는 듯 서둘러 일어나며 크고 씩씩하게 인사를 했다. 모모 씨뿐 아니다. 사무실은 순식간에 텅 비었다. 몇몇 앉아 있는 사람들이 피곤한 얼굴로 미간을 문지른다. 그들의 머릿속에 떠오르는 생각을 당신은 받아 적으

〈매일이 모험인〉 출근로그

라고 해도 할 수 있다.

"이놈의 회사는 일하는 사람만 일하나. 누군 칼퇴 못
해서 안 하는 줄 알아."

하지만 당신은 꼰대가 되고 싶지 않아서 상냥하게 웃으
며 조심히 들어가라고 말한다. 심지어 몸을 반쯤 일으키고
아직 자리에 앉아 있는 사람들에게 안 들어가고 뭐하냐
고, 급한 일 아니면 내일 하라고 재촉하기까지 한다.

당신의 옛 팀장 같았다면 이 보고서는 첫 페이지를 다
읽기도 전에 되돌려 보냈을 거다. 자세한 코멘트 따위는 없
다. 창공의 뜬구름은 모두 잡아서 한 치 앞도 알아볼 수
없는 두루뭉술한 질책과 날선 반응, 듣는 사람을 주눅 들
게 만드는 죄책감 유발 발언, 그리고 화룡점정!

"난 과정 따윈 안 봐. 결과만 보지. 그러니까 최선을 좀
다해 보라고. 경력이 그만큼이나 되는데 이런 걸 내가 일일

이 말을 해야 아나?"

　　그러나 당신은 그럴 수 없다. 당신은, 이 보고서를 다시
쓸 모모 씨가 적어도 당신이 어떤 생각으로 수정을 하라고
하는지 납득했으면 한다. 그래서 당신은 빨간 펜 선생님이
된다. 하나하나 수정 코멘트를 달려니 서너 시간이 훌쩍
지나가 결국 퇴근 시간을 넘겨 버렸다. 모모 씨에게 메일
을 보내고 나서야 당신은 길게 기지개를 편다. 사무실엔 결
국 오늘도 당신 혼자 남아 있다.

　　뿌듯하다. 하지만 뭔가 마음에 걸린다. 당신은 꼰대가
아니라고 생각하지만 아무도 당신에게 친근하게 말을 거
는 사람은 없다. 이세계 밥을 먹은 지 벌써 이십여 년, 저
미소에 영혼이 있는지 없는지 정도는 금방 알 수 있다. 친
구가 되는 걸 바란 것은 아니지만 좋은 사람이라고 생각
해 주기를 바랐다. 당신도 사람이니까 그 정도 욕심은 있
을 수도 있지 않나. 텅 빈 눈이 당신을 향할 때 그 안에 있
는 감정이 무엇인지 당신은 짐작도 되지 않는다. 호감도 그

렇다고 미움도 없는 저 평평한 얼굴이 당신은 이제 가끔 무섭다.

그래서 저녁도 먹지 않고 시내 대형 서점의 자기계발 코너에 우두커니 서 있다. 하나 마나 한 소리들만 가득하다는 것쯤은 알고 있지만 그래도 위로받고 싶다. 뻔한 동아줄이라도 붙들고 마음의 안정을 찾고 싶다. 하지만 혼란스러울 뿐이다. '팔로우십'을 택하자니 당신 책상 위에 놓여 있던 구멍투성이 보고서와 모모 씨의 아무 생각 없는 눈이 떠오른다. '번아웃'을 택하자니 아직 당신은 해 볼 마음이 가득하다. 그러니 여기 와 있다. 집으로 돌아가 담요를 뒤집어쓰고 맥주를 마시며 넷플릭스를 보지 않고.

결국 당신은 빈손으로 서점을 나온다. 버스 정류장이 코앞이지만 바람이 적당히 서늘해 조금 걷고 싶다. 가을이다. 마음이 바쁘던 어느 시절에는 꽃이 피는지도, 낙엽이 떨어지는지도, 첫눈이 내리는지도 모르고 (모르는 척하며) 지나왔다. 지금은 좀 여유가 생겼나. 마음이 한없이 가라

앉지만 머리 위에 찬란하게 펼쳐지는 금빛 은행잎을 올려다보자 저절로 입이 벌어진다. 꽃과 나무에 눈을 주기 시작하면 늙은 거라고 하던데, 어쩔 수 없는 건가. 하지만 아름답다, 저 찬란함은. 지난겨울부터 눈과 바람을 견디며 차곡차곡 몸속에 채워 놓은 순간들을 이윽고 세상에 선보이는 거겠지. 저것이야말로 최고이며 최선이며… 건강한 것이 아닐까.

집 근처에 와서도 당신은 아직 집에 들어가고 싶지 않다. 동네 편의점에서 맥주 두 캔을 사서 근처 놀이터로 간다. 아이들이 떠난 놀이터 그네에 앉아 맥주를 따서 들이켠다. 여전히 밤하늘은 희부옇고 탁하다. 귓불을 만지자 조금 유치한 별 모양 귀걸이가 달랑거린다. 오래전 이 귀걸이를 선물했던 정 과장은 몇 년 전 티베트로 떠난다는 메일을 보내왔다.

– 땡땡 씨, 거긴 밤하늘이 환하대. 별빛으로. 커다란 소금을 뿌려 놓은 것처럼 온통 빛난다더라. 한 번쯤은 진짜

빛으로 가득 찬 밤을 보고 싶었어.

지금은 어디 있을까. 당신이 파리에서 불안하게 헤매다가 돌아온 것처럼 정 과장도 진짜 밤하늘의 무게를 이기지 못하고 다시 이 혼탁한 하늘 아래로 돌아왔을까.

다음 날, 당신은 모모 씨가 제출한 사직서를 받는다. 아니, 정확하게 말하면 당신 위의 상사인 본부장이 당신을 불러 모모 씨가 당신을 건너뛰고 직접 본부장에게 사의를 표했다고 전한다. 퇴사 사유가 당신이어서 직접 말할 수는 없었다고 한다.

'땡땡 팀장님 밑에서는 제가 능력을 제대로 발휘할 수 없습니다. 하나하나 본인 마음에 드시는 대로만 하려고 하시니까요. 입사한 지 벌써 두 해째인데 신뢰받고 있다는 생각이 들지 않아요. 혼자 다 잘하시는 분이니 저는 제가 자유롭게 일할 수 있는 곳을 찾아가고 싶습니다.'

본부장은 혀를 끌끌 차며 말한다.

"땡땡 팀장, 팀장은 팀장답게 행동해야지. 팀장이 대리처럼 굴면 진짜 대리들이 숨이 막혀 어떻게 사나? 짬은 그냥 먹었어? 최고가 되란 말 아니잖아. 주변을 살피면서 할 수 있는 최선을 다해 봐."

어떻게 대답하고 본부장실을 나왔는지 기억이 나지 않는다. 사무실의 모든 사람들이 다 당신을 쳐다보고 있는 것 같다. 모모 씨가 지나치며 인사를 건넨다. 울컥, 사나운 감정이 치솟는다. 저 반들반들한 미소에 한 방 먹이고 싶다. 하지만 당신은 마주 미소 지으며 자리로 돌아가 앉는다. 화면 보호 모드로 전환된 모니터의 검은 배경에 당신의 얼굴이 비친다. 무사평안하고 다정한 미소가.

▶당신만의 리틀 포레스트로 들어가는 마법의 주문

친구가 보내 준 링크를 타고 들어가니 직장을 그만두고 시골로 내려간 사람의 한적한 시골 생활 브이로그가 펼쳐진다. 감성적인 음악이 느리게 흐르고 깔끔하게 정리된 마당 한편에는 텃밭 채소가 자란다. 길고 흰 털을 바람에 나부끼는 우아한 강아지와 함께 텃밭에서 채소 한 바구니를 수확해 청결한 주방에서 햇빛에 감싸여 간소하지만 입맛이 도는 마멀레이드와 갓 구운 빵을 천천히 먹는다. 시간이 다르게 흐르는 것 같다. 혹시 이세계인가? 여기도.

당신은 서둘러 핸드폰을 주머니에 넣고 자리에서 일어선다. 숨도 쉬지 못할 정도로 사람들로 가득한 출근길 지옥철에서 무사히 원하는 역에 내리려면 두 정거장 앞에서부터는 인파를 헤치고 나아갈 각오를 해야 한다. 젊고 혈기왕성하던 시절에는 야근과 회식으로 피로에 찌들어 있었다면 나이를 먹고는 열심히 살았던 청춘 시절을 방탕하게 굴렀다고 스스로 깎아내리며 저질 체력과 경쟁해야 한다.

친구의 카톡이 연이어 도착한다. '보기만 해도 힐링 되지 않냐?'

당신은 친구가 천진난만하다고 생각한다. 영상을 보는 내내 이질감과 불편함을 느꼈다. 동시에 영악하게도 영상에 나온 주택과 대지 가격, 아직 젊어 보이는데도 일을 하지 않고 저렇게 여유롭게 일상을 즐기기 위한 통장 잔고 같은 것들을 계산해 본다. 영상에 나오지 않는 시간 내내 골방에 처박혀 주식 투자 같은 걸 하는 거 아닐까? 가끔씩 나타난다는 황금의 손 스킬 보유자일 수도 있잖아. 당신은

친구에게 답장을 보낸다. '꿈같네.'

점심시간, 넉살 좋기로 유명한 옆 팀 유쾌 씨가 묻는다.

"땡땡 팀장님, 재테크 어떤 거 하세요? 부동산? 코인? 주식이나 아니면 금?"

"아, 나는 그런 쪽으로는 도통 솜씨가 없어서… 그냥 적금이나 좀 붓고 연금보험 같은 거랄까."

"아아, 하긴 공부하지 않으면 운만으로는 밀어붙이기 힘들죠. 시드 머니가 충분하지 않으면 애매하기도 하고. 전 요즘 미국 쪽 주식 하거든요. 그래서 장 마감 보느라고 새벽에 늦게까지 깨어 있어서 오전에 늘 피곤하더라고요."

유쾌 씨가 있는 팀의 팀장이 흡연 구역에서 화를 터뜨리던 걸 떠올린다. '오전 내내 닭 쫓던 개 지붕 쳐다보듯 꾸벅꾸벅, 눈에 초점이 없어요!'

"유쾌 씨는 재테크 공부 많이 하나 봐요."

애써 빙긋 웃어 보이는 당신을 보며 유쾌 씨는 단호하게 말한다.

"전 마흔 살이 되면 은퇴하는 게 꿈이거든요."

에…? 자리에 있던 몇몇 사십 대들이 당황한 표정을 감추지 못한다.

"마흔이 돼서도 월급 받으며 전전긍긍 일하고 싶지 않아서요."

마흔을 훨씬 넘기고도 아침마다 출근해 그릇 밑바닥에 고인 물방울 같은 체력을 아껴 쓰며 일을 하고 있는 당신을 비롯한 몇몇 사람들의 표정은 이제 수습 불가다. 왜 유쾌 씨의 팀장이 유쾌 씨를 그렇게 껄끄러워하는지 알 것만 같다. 눈치가 없구먼!

"월급 나오는 직장이라도 있는 게 얼마나 다행인지 이 나이 안 되어 보면 모르지. 배부른 소리 하고 있어. 청춘의 특권이냐!"

투덜거리는 당신에게 친구의 메시지가 도착한다.

"그러는 너는 왜 매주 로또 사냐? 누구나 인생 한 방이라는 꿈을 꾸며 사는 거지. 너 설마 걔 나이 때 이 나이 먹도록 회사에서 아래위로 눈치 보며 살 거라고 생각이라도 해 봤냐?”

"아니, 그래도 한참 일할 나이에 적어도 앞으로의 비전, 꿈 이런 거는 있어야 하지 않니?”

메시지를 발송하면서 당신은 아차, 한다. 아, 이건 틀림없이 비웃음 각이야.

아니나 다를까 즉각 친구의 답장이 온다.

"네 네, 어련하시겠어요. 꼰대 나으리. 진짜 넌 어렸을 때도 어린 꼰대더니, 커서는 꼰대의 정석이다, 정말. 대기업 다니는 애들도 우리 나이 때면 슬슬 밀려날 걱정을 해야 하는데 중소기업 다니면서도 걱정 없이 근무 시간에 친구랑 수다 떨면서 반 한량처럼 지내는 것도 복이야. 그 복 다 네가 생각 없다고 성질부리는, 그 실무 하는 친구들이 만들어 주는 거고.”

당신은 어제 부로 책상을 정리하고 떠난 모모 씨를 떠올린다. 마지막까지 당신에게 ‘당신 때문에 퇴사합니다’라고는 한마디도 하지 않고 끝까지 예의바르게 웃으며 떠난 모모 씨를. 그리고 모모 씨의 결점투성이 보고서를 생각하자 당신의 마음은 싸늘해진다.

모니터로 메시지 창이 올라온다. 점심을 함께 먹었던 옆 팀 차장이다. 직급 차이는 있지만 동갑인 데다 말이 잘 통해 친하게 지내는 사이다. '팀장님, 커피 한잔하실까요?'

모퉁이 카페에서 커피를 테이크아웃 한 후 당신과 나란히 걸으며 그는 말이 없다. 얼마 전 느지막이 아기를 낳은 후 맞벌이 아내와 육아 전쟁 중이라며 아직 미혼인 당신이 부럽다고 반농담조로 말했던 것을 생각하며 당신은 은근히 말을 건다.

"그래도 이제 제법 몇 개월 지나서 잠투정은 많이 없어지지 않았어요?"

"하하, 아기는 늘 새로운 역경을 몰고 오더라고요. 그만큼 즐거움도 있지만 아기 때문에 계속 버티는 거죠, 뭐."

그의 얼굴이 삽시간에 어두워진다.

"팀장님, 죄송합니다. 저 담배 한 대 피겠습니다."

그는 당신의 대답도 듣지 않고 곧장 담배를 꺼내 문다. 전자 담배는 연기를 뿜는 맛이 없다며 필터 담배를 고집하는 터라 연기와 냄새가 거북하다. 하지만 표정이 너무 좋지 않아 당신은 아무 말도 하지 않는다. 정확히 말하면 담배 연기와 냄새는 아직도 싫지만 일을 하면서 골초들 사이에 파묻혀 지내느라 면역이 생겼다. 그리고 사회생활 이십여 년, 당신은 이제 끓는점에 다다른 주전자처럼 뚜껑이 툭, 열리는 일은 없다. 당신의 얼굴엔 견고한 표정이 붙어 있다. 벗는 것을 잊어 이젠 피부가 되어 버린 것 같은, 아주 단단한 가면이.

"… 점심시간에 유쾌 씨 이야기 들으면서, 퇴사할까 생각했어요."

그는 덤덤하게 말을 꺼낸다. 언제 어두웠나 싶게 당신이 잘 아는 평상시의 얼굴이다.

"유쾌 씨가 좀… 선을 넘기는 했죠. 어린 사람이라 아직 눈치가 없어 그러나."

　당신은 애써 웃는다. 조금 전의 불쾌함이 스멀스멀 발가락을 타고 올라온다. 낭패네, 지금은 약도 없는데. 화장실에 갈 수도 없고.

　모모 씨 일 이후로 당신은 원인 모를 간지럼증을 앓았다. 감정이 격해지면 손가락이나 발가락부터 참을 수 없을 정도로 스멀거리는 느낌이 올라와 전신으로 퍼진다. 병원에 갔지만 알레르기도 염증도 아니었다. '스트레스로 인한 심인성 신경 반응'이라는 아무 의미 없는 진단명을 받고 증상이 생길 때마다 처방해 준 약을 먹는 게 다였다. 되도록 스트레스를 받지 말고 가벼운 운동을 하면서 염증을 일으킬 수 있는 음식들을 삼가라, 는 말에 당신은 고분고분 고개를 끄덕였지만 병원을 나서며 코웃음을 쳤다. 스트레스가 없으면 분명 허물어질 거야. 스트레스는 당신을 지탱하는 발목뼈와 내장 기관과 같았다. 스트레스가 없는 생활을 상상할 수 없고, 그런 환경에 굴러떨어진다면 당신은 분명 지독하게 불안할 터다.

"처음에는 화가 났는데, 생각해 보면 유쾌 씨가 잘못한 건 없더라고요."

그는 쓴웃음을 지었다.

"마흔 넘어서 직장을 다니는 선배가 같은 회사에 없는 것도 아닌데 그런 생각을 한다는 건, 역으로 마흔 넘어서 직장을 다니는 선배가 너무 힘들어 보인다는 것 아니겠어요. 본보기라면 좀 거창하지만 적어도 좀 더 살아 본 사람의 괜찮은 모습은 보여 줬어야 하는데. 그런 모습도 보여 주지 않고서 무조건 열심히 일해야지, 꿈을 가져야지, 전문가로 성장해야지, 라고 말하는 게 참 공허하고 무책임하다는 생각이 들었어요. 열심히 일한다고 생각했는데, 정말 열심히 일한 건 맞나 싶고. 더 나아가 열심히 일하는 게 맞나 싶은 거죠. 회사는 계속 다니니 꾸역꾸역 승진은 하고 갑자기 실무는 줄이면서 후배 키우고 파트 관리하라는데 솔직히 전 영 사람 관리하는 게 껄끄럽고 힘들거든요. 그냥 실무를 계속하고 싶은데, 나이 들어 실무 하는 걸 왜 회사에서 싫어하는지 잘 모르겠어요. 참신함이 떨어진다는데 대신 경험에서 오는 노련함이 있잖아요. 맞지 않는 옷을 입고 앉아 있다는 생각을 하니 제가 정말 열심히 일하는지 저도 잘 모르겠어요. 이게 맞는 건지도 모르겠고. 확신이 없더라고요, 제 자신한테."

열심히 일하는 게 맞느냐고 묻는 것은 당연하다. 당신도 가끔 새벽에 일어나 그런 생각을 하니까. 멍때리기라든가 노는 인간이라든가 휴식의 중요함이라든가 하는 요즘의 트렌드는 잘 알고 있다. 하지만 도시락 두 개 싸 들고 다니며 야간 자율 학습 하고 대학에서는 각종 입사 시험 문제지를 풀면서 스펙을 쌓고 그리고 회사라는 이세계에 들어오자 레벨 업 하느라 내내 야근하고 특근하며 눈코 뜰 새 없었다. 영영 회복되지 않을 것 같은 부상을 입기도 하고 목숨을 맡길 수도 있다고 생각한 전우에게 배신도 당해 가며 치열하게 살아왔다. 열심히 일하지 않으면, 매 순간 열심히 살지 않으면 대체 어떻게 해야 하나. 그건 배덕이고 부도덕이다. 당신 안의 어떤 목소리가 분노에 가득 차 소리친다.

하지만 당신은 커피잔을 들지 않은 손으로 그의 어깨

를 툭, 치며 웃어 보인다.

"차장님이 너무 생각이 많네요. 이런 사람도 있고, 저런 사람도 있고 사람들 생각이 다 제각각인데 너무 유쾌 씨 말에 상처받지 말아요. 살아 보지 않은 인생에 대해 호언 장담할 수 있는 것도 저 나이 때의 특권이니까. 차장님, 저 요즘 몸이 좀 좋지 않은데, 병원에서는 스트레스 때문이라 고 하네요. 이젠 스트레스로도 몸이 아플 만큼 우리가 약 해졌어요. 스스로를 돌봐야죠. 차장님은 아직 어린 아기도 있잖아요. 아기가 벙긋벙긋 웃는 것만 생각하면서 기운 내 요. 다른 생각 하지 마시고."

참 희한하기도 하지. 마음에 없는, 듣기 좋은 말을 하면 말을 하는 도중 당신 스스로도 치유되는 느낌이 든다. 이 게 '나중에 볼 동영상' 목록에 저장해 둔 아침의 브이로그 와 뭐가 다르단 말인가.

알로호모라.[2]

차라리 9와 3/4 플랫폼에 서서 호그와트 급행열차를 기다리자. 현실에 실존하는 비현실은 우리를 아프게 하지만 만져지지 않는 꿈은 가끔 우리를 낫게 한다.

---

2 해리 포터 이야기 속 주문

▶ 인생 2막이라니, 아직도 힘을
내야 하는 거야?

아침마다 커피와 쌍화탕을 사러 들르는 편의점 사장님
이 며칠 보이지 않는다. 나이가 꽤 들었기는 하지만 언제나
활기차게 인사를 건네던 분인데 무슨 일인지 신경이 쓰였
지만 뚱한 표정의 아르바이트생에게 묻지는 못하고 며칠
이 흘렀다. 편의점 문을 여는 당신에게 언제나처럼 씩씩한
인사가 날아온다.

"좋은 아침입니다. 오랜만이죠?"

반가워 한달음에 카운터로 달려가 묻는다.

"사장님, 무슨 일 있으셨어요? 며칠 안 나오셔서 걱정했어요."

"아이고, 내가 허리가 좀 아파서 병원에 있었어요. 하하, 지금은 멀쩡합니다."

그제야 사장님이 허리에 두른 보호대가 눈에 들어온다. 며칠 더 쉬셔야 하는 것 아니에요? 하는 말이 나오다가 걸린다. 어떤 사정이 있는지 당신이 헤아릴 수는 없고, 생각보다 움직일 만해서 나온 걸 수도 있다. 당신은 싱긋 웃어 보이며 늘 사는 커피와 쌍화탕을 카운터 위에 올려놓는다. 그리고 핸드백을 뒤져 간식으로 챙겨 온 귤 두 알을 슬쩍 밀어 둔다.

"그래도 조심하세요. 오늘은 날이 궂네요."

"젊은 사람이 벌써 날궂이를 알아서 어떡해! 이건 고마워요. 잘 먹을게."

"어? 우리 팀장님 안 젊으세요. 동안이라 그렇지 나이

엄청 많으신데요. 하하."

어깨 너머로 쾌활한 목소리가 들린다. 뒤를 돌아보니 발랄 씨가 우유를 들고 환하게 웃고 있다. 편의점 사장님이 한숨 반 웃음 반으로 대답하신다.

"아니, 노인 앞에서 할 말이 따로 있지. 땡땡 팀장 정도면 한창때지, 한참 일할 때야."

"엇? 사장님, 저는 로또 당첨되어서 은퇴하고 싶습니다."

불쑥 튀어나온 진심에 당신이 하하, 웃자 편의점 사장님이 정색을 하신다.

"그럼 못쓰지. 사람은 일을 안 하면 녹이 슬어. 나는 스무 살부터 지금, 그러니까 예순여덟까지 빨간 날이랑 회사에서 내어 준 휴가 빼고는 딱 사흘 쉬었네. 한 직장에서 정년 퇴임하고 퇴임 전에 이거 알아보고 준비해서 쉬지 않고 바로 딱 가게 열어서 이날까지 달렸어. 아이고, 이번에 아파서 병원에 누워 있는데 어찌나 불안하고 좀이 쑤시는지. 잠이 안 오더라고, 응."

편의점 사장님의 일장연설을 듣고 있자니 당신이 더 불안해진다. 백전노장의 필승법을 전해 듣는 젊은 군인 같은 느낌이다. 그는 백 번의 전투에서 살아남아 지금 당신 앞에 있다. 그리고 당신은 아직도 백 번의 전투를 더 치러야 한다. 분명히 저 노장의 전투와는 다른 적이 당신에게 덮쳐 올 것이다. 차라리 전쟁이 낫지, 깔끔하게 죽기라도 하잖아. 인생이라는 전투는 답도 없는 막막함으로 멱살을 잡고 질질, 보이지도 않는 곳으로 끌고 간다.

사무실에 들어와 아침에 검토할 서류를 살펴보고 본부장에게 지난주 실적 보고, 간단한 팀 주간 회의를 진행한다. 능란하게 하지만 열의 없이. 어떤 일도 결코 쉽진 않지만 어렵지도 않다. 크게 애를 쓰지 않아도 일은 알아서 진행된다. 친구의 말이 맞다. 파티션 너머 반쯤은 하품을 하고 반쯤은 몰래 애인과 저녁 데이트 약속을 잡는 중이라도 이 회사의 주축은 저 친구들이다. 당신은 늙었나? 책상 위에 있는 거울을 들여다보면 아직은 혈색이 도는 어리둥절한 표정이 마주 바라본다. 당신은 젊나? 한참 일할 때인지를 자신에게 물어보면 그건 잘 모르겠다. 일이 없어서도 아니고 바쁘지 않은 것도 아니다. 언제나 나름대로 바쁘다. 하지만 열정이 있는가, 물어보면 대답이 궁하다.

물론 왕초보 모험자 시절을 빼면 그렇게 열정에 타올라 일에 매진했다고 보기는 어렵다. 하지만 그때는 심드렁했지만 지나고 보면 나름대로 뜨거웠던 시절이었다. 천천히 타는 불에 다치는 줄도 모른다고 했던가. 당신의 마음은 저온 화상을 입었나 보다. 눈치채고 나니 살이 문드러지고 속까지 곪았다. 늙지도 젊지도 않은 당신은 회복되지 않는 것은 아니지만 아주 느리게 낫고 있다. 아니, 그렇다고 믿고 싶다.

차라리 허리케인 죠처럼 9라운드를 폭풍처럼 몰아친 후 하얗게 재가 되어 내려앉는 최후라면 비장미라도 있을 텐데. 당신은 천천히 미소 짓는다. 한심하다는 생각도, 화가 난다는 느낌도 없다. 은퇴 후를 궁리해 본 적도 없다. 당신은 그럴 체력이 없다. 양치질이나 직립 보행처럼 몸에 저절로 스며 버려서 크게 영혼을 투자하지 않아도 그럭저럭 업무를 처리할 수 있는 게 다행이다.

당신은 가만히 눈을 감는다. 이십 몇 년을 버려서 겨우 얻은 삼면 파티션의 독립 공간. 옆자리에 아무도 없고 뒤에는 날아가는 새들만 있는 자리. 담배 영업, 술자리 영업을 하지 않은 미혼 여성으로 관리하는 팀이 있고 부장 직급. 나쁘지 않다. 적당히 즐기고도 저축할 수 있는 연봉. 뭔가 놓친 것 같지만 도무지 떠오르지 않는다. 꿈? 이런 것들은 분명히 아니다. 꿈이 있었는지도 확실하지 않다. 목표? 목표는 언제나 막연했다.

당신은 어제 새벽 잠이 오지 않아 뒤져 본 서랍에서 찾아낸 초보 모험자 시절의 지도를 떠올린다. 꼬불꼬불한 길 위로 붉은 선이 여러 개 그어져 있었다. 지금의 당신이 보기에는 한없이 서투르고 도저히 답이 나오지 않는 탐색 경로가. 그건 분명 마왕 성으로 가는 지도였다. 무딘 칼과 무겁기만 한 방패를 든 초급 모험자가 회사라고 하는 이세계로 전생해 마왕 타도를 외치던 시절의. 그런데 그건 정말 있었던 일인가. 마왕이라는 것은 실존하는가. 너무 많은 길을 지나오고 너무 많은 몬스터들을 물리치고 셀 수 없이 국경을 넘어 모험을 해 왔지만 당신은 마왕 성을 봤다는 사람을 한 명도 만나 본 적이 없다는 사실을 떠올렸다. 지나온 전투를 자랑하고 높은 레벨을 뽐내고 휘황찬란한 고급 장비들을 내세우는 영웅들은 많이 만났다. 어쩌면 방금 이세계로 전생한 초급 모험자들에게 당신도 그렇게 보일 수 있다.

　"역시 팀장님이시네요. 설명할 기회도 안 주고 버럭버럭 화를 내는데 저는 어떻게 해야 할지 너무 난감해서…"

　'뭘, 사람 사이에 있는 일이니 적당히 전화해서 사과하고 받아 주지 않으면 납작 엎드리면 되는 거지. 그렇다고 일이 이만큼이나 진행됐는데 도로 무를 수도 없고 저쪽도 난감한 형편인 건 마찬가지야.'

　"팀장님, 괜찮으세요? 제가 실수해서 팀장님께 폐를 끼친 것 같아요, 죄송합니다."

　'괜찮아, 귀 열어 두고 비굴한 표정만 지었던 거니까. 너 정도 경력이면 이런 실수는 이제 익숙해져야 해. 앞으로 폐

끼칠 일만 잔뜩일 테니까.'

"팀장님, 저 이만 퇴근합니다. 내일 뵐게요."

'…… 너 내기로 했던 보고서 어제까지야. 언제까지 붙들고 있을래? 뭐, 지금 정도는 막아 줄 수 있지만 내일까지 안 내면 지연 사유는 팀이 아니라 너야. 입 아프게 말할 필요는 없으니 눈치껏 내라.'

당신이 초보 모험자 시절, 마왕의 수급을 베었는지는 확실치 않으나 이세계를 떠나는 명예로운 모험자들이 있었다. 그들은 하나같이 '치킨집'이라고 하는 또 다른 세계로 전생한다고 했다. '은퇴자들의 자영업'이라는 카테고리가 있는데, 거기도 치열하기 이를 데 없다며 목덜미를 문지르며 한숨 쉬던 선배들의 얼굴이 요즘은 가끔 생각난다. '치킨집'이라는 세계에 너무 많은 모험자들이 들어와 서버가 터진 후에는 '편의점'이라는 세계가 인기라고 한다. 거기도 과포화 상태라 언제까지 사람을 받을 수 있을지 장담할 수 없다는 흉흉한 소문이 돈다.

‘검진 결과는 아주 좋습니다. 이대로 잘 관리하면 백 살까지 건강하겠어요. 하핫’ 하며 웃던 담당 의사의 얼굴을 후려갈기고 싶던 어느 오후를 떠올리며 당신은 창밖을 바라본다. 높고 낮은 건물 가득 유리창 속 당신을 마주 보는 어느 모험자의 얼굴을 상상하며.

▶ Log

　오늘은 당신의 회사에 신입 모험자들이 들어오는 날이다. 얼마 전 면접에서 당신이 고득점을 준 사람도 오늘 첫 출근을 한다.

　간단한 자기소개를 하라고 하니 어학 연수에 인턴십까지 화려한 이력을 오 분 넘게 이야기하던 사람이었다. 반들반들한 얼굴이며 차분한 눈빛도 좋았지만 긴 머리를 말아 올려 정수리에 고정한 것이 인상 깊었다.

"풍문을 들어 아시겠지만 이 모험은 만만치 않아요. 중도 탈락자도 많고요. '학교'라고 하는 세계와는 전혀 다른 성질의 고난이 있을 겁니다."

"네, 알고 있습니다. 어떤 일이든 성실히 하겠습니다."

'네가 생각하는 어떤 일이든 상상 그 이상일걸. 질적으로나 양적으로나.'

당신은 확신 없이 단정한다. 이세계의 룰은 계속 바뀌고 있어서 당신은 이제 초보 모험자들이 어떤 탐색을 하게 될지 사실 전혀 예측할 수 없다. 그런 주제에 당신은 그들을 관리해야 한다.

"이곳이 학교가 아니라는 말은 여기서는 모든 일이 자기 책임 하에 이루어진다는 뜻입니다. 물론 처음에 업무 방법은 가르쳐 드리지만 나머지는 자기가 알아서 배우고 알아서 해 나가야 해요. 냉정하게 들리겠지만 다들 바쁘고 힘들어요. 월급을 받는 만큼 책임감 있게 해 주셨으면 합니다."

전혀 믿음직스럽지 않은 '네 네' 퍼레이드를 들으며 당신은 평가란에 볼펜을 신경질적으로 내리찍었다. 이번에도 뽑을 사람이 없겠어, 짜증 섞인 생각을 하다 문득 물었다.

"이 모험을 시작하게 된 계기가 뭐죠? 뭘 하고 싶죠?"

즉답이 돌아왔다.

"전 마왕을 물리치고 싶습니다."

당신은 눈을 들어 반짝이는 그녀의 눈을 마주 보았다.

"마왕이 누군지나 알아요?"

"모험의 끝에 있는 자죠. 모든 모험자들의 꿈이에요. 마왕을 물리치면 이세계에서 '성공'한다고 하더군요."

'… 그러니까 그 성공이 대체 뭔데?'

대신 당신은 묻는다.

"머리 굉장히 잘 올렸네요. 그거 어떻게 해요?"

"아, 올림머리 하는 전용 도구가 있거든요. 면접 시간보다 너무 일찍 와서 회사 앞 카페 화장실에서 머리를 다시 올렸어요. 원래는 미용실에서 C컬로 드라이를 하고 왔는데, 머리가 거추장스러워서요."

그녀는 헤헤, 혀를 살짝 내밀고 웃는다.

"긴장하면 머리를 손가락으로 꼬는 습관이 있어서…
평소에 머리를 올리고 다니거든요. 이게 편합니다."

당신은 사무실 문을 조심스럽게 열고 들어오는 그녀,
초보 모험자의 달아오른 뺨을 바라본다. 그녀가 책상 아
래 당신이 어젯밤 남겨 놓은 '모 선배의 로그'를 언제 발견
하나 궁금해하며.

– 신입사원이 출근 한 달 동안 해야 할 가장 중요한 업
무는 적당한 인사법을 찾는 거다. 이세계에서 첫인상이란
'콘크리트'와 같아서 한 번 굳으면 어지간해선 바꿀 수 없거
든. 그래서 인사란 말이지…….

부디 그대의 앞날에 신의 축복이 함께하기를.

▶ 힘겨움의 9할은 사람 때문이다

안녕하세요, 유랑입니다.

이 이야기는 저의 이야기이기도 하고 모 선배의 이야기이기도 하고 또 다른 신입 모험자의 이야기이기도 해요. 그리고 당신, 당신의 이야기이기도 하죠.

지금도 회사를 다니고 있지만 가끔 지난 시간들을 되돌아보면 가슴이 콱 막힐 정도로 힘이 들어요. 트라우마가 심하게 도질 때는 모바일 메신저 대화 목록에 떠 있는 소위 단톡 창들만 봐도 숨이 막히는 기분이 들어요.

한동안 아침 우울이 심했는데, 생각해 보니 아침에 눈을 뜨면 출근을 해야 하기 때문에 그런 것 같더군요. 요즘 같은 취업난에 출근할 곳이 있다는 것만으로도 감사할 일이긴 하지만 또한 그것 때문에 더 힘든 것도 사실이죠.

회사에서 힘든 이유를 생각해 보면 9할 정도가 사람인 것 같아요. 나머지 1할은 회사가 생계를 유지하기 위해 다녀야 하는 곳이라는 점 때문인 것 같고요.

서점에 가 보면 제 2, 제 3의 인생을 찾아서 멋지게 사직서를 쓰고 회사를 나와 세계 여행을 하기도 하고 프리랜서로 근사하게 사는 분들의 이야기도 많지만 솔직히 멋있다는 생각은 들어도 크게 공감은 되지 않아요. 공감이 되지 않아서 슬퍼요. 그래서 어느 날은 용기를 내서 수요일 연차를 내고 오후에 한적한 카페에 가서 한참을 앉아 있기도 했어요. 창문 너머로 넥타이를 메고 어딘가로 바쁘게 오가는 사람들을 보면서 살짝 우월감을 느끼기도 하고 (난 오늘 쉰다! 이런 생각이었을까요?) 그러다가 다시 우울해지기도 했어요. (내일은 다시 출근해야 하니까요.)

번아웃이 심해지는 초기 증상은 지각이에요. 아침에 도저히 침대에서 몸을 일으킬 용기가 없기도 하거든요. 언젠가 회사 선배가 우스개로 커피 값과 택시비를 벌기 위해 도저히 회사를 그만둘 수 없다고 했을 때 우리는 모두 웃었지만…… 아마 다들 웃는 게 웃는 것이 아니었는지 몰라요.

갑자기 업무 시간에 훌쩍 나가서 오래 걷다가 돌아오기도 하고, 점점 일을 처리하는 속도가 느려지고, 현관 앞에 택배 상자가 쌓이기도 하죠. 낯빛이 바뀌기 시작하면 심해지는 거예요. 회사에선 다들 잘 만들어 놓은 가면을 쓰는데, 번아웃이 심해지면 가끔 가면이 흘러내리기도 하거든요.

그럼 사람들은 물어봐요. 회사 일이 힘들어? 직장에 못된 사람들이 있는 거야? 음… 물론 그런 이유도 있죠. 그런 경우는 차라리 스스로를 납득시키기 쉬워요. 그리고 뭔가 자기 외에 책임을 지울 상대가 있어서 감정이 단순해지기도 하고요. 하지만 이런 경우에도 복병은 존재하죠. 애써 누군가에게 털어놓았는데 상담을 해 주는 회사 동료가 뭔가 공감을 해 주는 듯하다 꼭 이렇게 말하지 않나요?

– 그런데 그 사람, 나쁜 사람은 아니야.

대체 나쁜 사람의 정의는 뭘까요?

▶ 선과 악으로 사람을 나눌 수 있나요

　　제 회사 생활의 처음 6~7년은 '대체 나쁜 사람이란 그럼 무엇인가?'에 대한 고민이었다고 해도 과언은 아닐 것 같아요. 분명 이러저러하게 언제까지 진행해 달라고 해서 그렇게 작업했는데 결과물을 보더니 저러이러하게 해 달라고 했는데 이게 뭐냐며 질책하는 상사는 나쁜 사람이 아닌 건가요? 카디건이 흘러내려 어깨가 드러났는데 눈 호강하고 좋네, 하고 웃던 남자 동기는 나쁜 사람이 아닌 건가요? 추석 연휴가 끝나고 너무 먹어 부은 얼굴로 출근했더니 성형 부작용이 틀림없다고 사람들과 쑥덕거린 여자 선배는 나쁜 사람이 아닌 건가요? 매년 회사 송년회마다 결혼하지 않은 직원들을 앞에 세워 놓고 내년엔 결혼 꼭 하라며 건배사를 외치던 사장은 나쁜 사람이 아닌 건가요? 협력사의 젊은 남자 직원들 고생하는 게 안쓰럽다며 간드러지게 외치면서도 정작 같이 일하는 팀원들은 야근을 하든 주말에 일하든 나 몰라라 하던 여자 상사는 나쁜 사람이 아닌 건가요?

또 이렇게 물을 수도 있어요. 했던 실수 또 하고 또 해서 참다가 지적했더니 지금 저한테 꼰대질하시는 거냐며 대뜸 되묻는 신입사원은 나쁜 사람이 아닌 건가요? 단지 여자 선배가 파트장이라는 이유 하나만으로 술 마시던 회식 자리에서 장난이라며 팔을 비틀어 올리는 남자 후배는 나쁜 사람이 아닌 건가요? 차 마시며 누구 씨가 너무 싫다,며 투덜거리던 동기가 정작 그 누구 씨와 깔깔거리며 이야기하는 것을 보면서 가슴이 철렁 내려앉는 나는 나쁜 사람이 아닌 건가요?

뭐 그런 사람들만 만나셨어요, 라고 안쓰럽게 나를 쳐다보는 당신에게 묻고 싶어요. 당신 곁에는 저런 사람들이 정녕 없었나요?

업계에 회자되는 우주의 법칙이 있죠. 돌아이 질량 보존의 법칙이라고. 어디에나 당신이 감당해야 할 일정량의 돌아이가 존재해요. 만약 당신이 돌아이 청정 지역에 거주하고 있다고 느낀다면 조심해요. 당신이 바로 돌아이예요.

그리고 다시 한 번 더 묻고 싶어요. 정말 저 사람들이 나쁜 사람인가요?

직장 내 모든 상담의 끝은 저 질문이자 답변으로 끝나요. 마음은 그렇지 않은데 다만 단점이 좀 있어서…… 누구 씨가 이해해요. 이해하기 어려우면 무시하든지.

무시가 잘 되지 않아서 거기 와 앉아 있다는 것을 알면서도 어색하게 웃어 주고 커피값 계산해 주고 등 톡톡 두들겨 주고 그렇게 그 자리를 빠져나와요. 그 순간은 아마 그 사람의 우주에서 내가 가장 나쁜 사람일 거예요.

그래요, 다 나쁜 사람이에요.

▶ 나에게 묻는다

사람은 누구나 다면성이 있어요. 같이 일하는 동기 중 하나가 몸이 다쳐서 깁스를 하고 온 적이 있었어요. 모른 척하는 사람도 있고 괜찮냐고 묻는 사람도 있고 깁스한 모양이 웃기다며 면전에서 낄낄거리며 웃는 사람도 있었죠. 낄낄거리며 웃는 사람을 두고 동기가 화를 내자 다른 사람들이 일제히 입 모아 말했어요. 없을 때 제일 걱정 많이 했는데, 그이가.

회사 체육대회에서 옆자리 동기가 무리해서 축구를 하다가 미끄러져 아킬레스건 부상을 당했어요. 깁스를 하고 출근을 했는데 오전 시간 내내 내게 커피 심부름을 시켰죠. 타다 주면 다 마시지도 않고 놔뒀다가 미지근해졌다고 다시 시키고 또 시키고…… 결국 폭발했어요. 걷지 못하는 것도 아닌데 본인이 타 마시라고 신경질을 부리자 그동안 멀뚱멀뚱하게 앉아서 내가 커피 타 오는 것을 지켜보던 여자 선배가 아우, 하고 자리를 털고 일어나더니 내가 타다 줄게요, 하며 탕비실로 가더라고요. 오전 내내 커피 타다 준 나만 다친 동료한테 팍팍하게 구는 사람이 되어 버렸죠. 이런 일은 잘 잊히지도 않아요.

하지만 퇴사하는 그날까지 서로 잘 지냈어요. 웃으면서.

야근하면서 힘들어할 때 예의 동기며 여자 선배가 내 일을 나눠서 해 주기도 했거든요.

그리고 그 선배가 동기에게 나를 두고 나쁜 사람은 아니니 섭섭해하지 말라고 했다는 말도 전해 들었죠.

꽤나 단순한 사람이었던 나는 오랫동안 괴로웠어요. 이

해하지 못할 사람들에 둘러싸여 있다고 항상 느낀다면 결국 내가 문제가 있는 게 아닐까….

그리고 어느 순간, 마음을 닫아 버렸죠.

▶ 고립 자처하기

아이솔레이션(isolation)이라는 방어기제가 있다고 해요. 자기가 느끼는 감정으로부터 사고를 분리시켜서 나를 보호하는 거죠. 날선 감정들—분노, 실망, 슬픔, 좌절감, 무력감 등으로부터 나를 떼어 놓아요. 도저히 견디기 힘들어 소리 지르고 싶은 감정을 거기 두고 나는 그 감정에서 걸어 나오는 거죠.

몇 가지 규칙을 만들었어요. 퇴근을 하면 제일 먼저 머리를 감았어요. 물로 머리를 씻으며 나쁜 감정들을 하수구로 흘려보내는 상상을 했죠. 금요일 밤에는 꼭 영화를 봤어요. 회사로부터 나를 단절시키는 물리적인 시간을 만들었죠. 하지만 더 많은 일들이 생기고 더 아픈 감정들이 몰려왔어요. 그래서 이미지를 만들었어요. 손바닥 크기의 밀폐 용기를 상상해요. 그리고 거기에 지금 내 안에서 벌겋게 날뛰고 있는 감정을 밀어 넣은 후 뚜껑을 닫아요. 그러곤 냉장고 안에 넣어 두는 거예요. 나는 냉장고 문 앞에서 기다려요. 그 감정이 조금씩 생기를 잃으며 시들다가 상할 때까지. 그리고 곰팡이가 핀 감정을 버리는 거죠.

그렇게 잘 버틴다고 생각했어요. 무리해서 일을 하다가 탈이 나서 수술을 하고 일을 쉬었을 때, 입원실에 찾아온 본부장과 직장 선배는 직장인이 체력 관리도 제대로 하지 않아 이러냐면서 산재 처리는 하지 말라고 했었죠. 길길이 뛰는 엄마의 손을 부드럽게 잡으면서 내가 웃더래요. 회사는 다 저래, 엄마…. 입술은 웃고 있는데 눈에는 눈물이 가득했다고 하더군요. 그렇게 잘 버려 왔어요. 모 카드사 프로젝트를 하다가 프로젝트 마지막에 법률 검토가 빠진 부분이 생겨서 난리가 났죠. 원래는 법률 검토를 해 주었어야 하는 담당 현업이 오히려 프로젝트 팀원 중 한 명이 자기네 상사와 법무팀에 사과 메일을 쓰라고 통보했어요. 상사 지시로 그 메일을 쓰던 날, 퇴근하다가 광화문 네거리에서 쓰러졌어요. 숨이 쉬어지지 않고 위가 뒤틀렸어요.

　잘 버틴 게 아니었는지도 몰라요. 내가 버렸다고 믿었던 감정들이 변이해서 나를 숙주 삼아 덩치를 불려서 결국 그 감정들 자체가 내가 되어 버렸는지도 모르겠어요.

▶ 진실은 언제나 늦다

참 오래 걸렸어요. 사실 그 사람들이 나쁜 사람이라는 것을 알기까지. 그리고 또 오래 걸렸죠. 사실 그 사람들이 나쁜 사람들이 아니라는 것을 알기까지.

그냥 평범한 사람들을 회사라는 공간에서 만난 거라는 단순한 진실을 알기까지, 너무 오래 걸렸어요.

회사라는 공간은 참 좁고 단순해요. 사람과 사람 사이에는 다만 일이 흘러 다니죠. 일은 우리에게 급여를 주고 그래서 우리를 평가해요. 평가는 사람들과의 관계를 달라지게 만들죠. 한 번 생긴 편견은 사라지지 않고 덩치를 불려요. 누구 씨는 어떤 사람이라는, 정말 단순하고 이상한 명명이죠. 누구 씨는 과연 '어떤 사람'일 수 있나요? 사실 아무도 누구 씨를 몰라요. 하지만 우리는 제멋대로 사람을 정의 내리죠. 알려고도 하지 않고. 사람을 알려고 하는 것은 많은 용기가 필요한데.

우리는 거의 대부분 회사를 사랑하지 않으니까요.

마음을 두고 싶지 않은 공간에서 만나는 사람들은 격리시키고 싶은 감정과 닮아 있어요. 기대하면 실망하니까, 기대도 하지 않고 실망도 하지 않죠. 하지만 아마 그 사람을 영어 학원에서 만났다면, 꽃꽂이 강좌에서 만났다면, 등산 동호회에서 만났다면, 친구들 모임에서 소개받았다면….

아마 정말 친구가 되었을지도 몰라요.

왜냐면 그 사람들은 정말,

평범한 사람들이니까요.

나도 마찬가지예요.

▶ 평범한 얼굴의 괴물(들)

　　승진을 하고 직급이 달라지고 후배가 생겼을 때 나는 의욕에 넘쳐 있었어요. 일은 제대로 봐 주지도 않으면서 실수에만 민감했던 선배들과는 다르다고 스스로를 포장했죠. 신입은 일을 못하는 것이 당연해, 하며 그날 해야 할 일을 다 하지 못하고 야근하는 후배 곁에 앉아서 나도 야근을 했어요. 자기 때문에 죄송하다는 후배가 괜한 신경을 쓸까 봐 술 한잔 사 주며 격려하는 것도 잊지 않았죠.

　　죄송하다는 마음은 사실 부담스럽다는 마음과 통한다

는 것을 몰랐어요. 너무 힘들어 집에 가서 쉬고 싶은데 잘 마시지도 못하는 술을 앞에 두고 억지로 웃고 있었다는 것도. 시간이 오래 흐른 후 그이가 고해 성사하듯 털어놓아 알게 된 나의 '폭력'.

배움을 얻었어요. 그래서 일이 남아도 후배는 꼭 막차를 태워 보내고 나 혼자 남아 새벽까지 잔업을 했죠. 어느 날 택시를 불러 놓고 회사 로비에 멍하니 서 있는데 눈물이 쏟아지더라고요. 주저앉아 엉엉 울고 있노라니 경비원 분이 휴지를 건네주시더군요. 택시가 올 때까지 그렇게 옆에 나란히 앉아 있어 주셨어요. 아무 말 없이. 내가 자초한 일인데 나는 후배에게 섭섭함이 쌓였던 거예요. 하지만 나중에 들어 보니 후배는 후배대로 자기가 느린 손으로 도움이 되지 못함을 자책하며 점점 주눅이 들었다고 하더군요.

어디 하나둘이겠어요. 지나가다 스치듯 했던 말들에 계속 상처받으며 앓고 있을 사람들이 있을지도 몰라요. 나도 모르는 사이 제멋대로 평가하고 낙인찍은 사람들도 있겠죠. 예민했던 어느 날에 잘못 말을 걸었다가 망신을 당한 상사가 있을지도 몰라요. 다 좋은 시절이었다며 허허 웃는 사람들도 물론 있겠죠. '내가 부족해서' '내가 모자라서'라며 모든 걸 내 탓으로 돌리고도 멘탈이 무사한 고수들도 물론 많을 거예요.

상처 주고 상처받고 상처를 잊고…. 사람과 사람이 만나면 꽃도 피지만 돌이 깨지기도 하잖아요. 바람 한 점 들지 않는 밀폐 용기 같은 '회사'에서 매일 하루 8시간 이상을 부대끼며 지내는데 서로가 서로에게 괴물이 아니라면 그것도 기적일지 몰라요.

▶ 영원히 낯설 이 도시에서 '안녕'

'일 그만두면 안 돼?'라는 말을 참 여러 번 들었어요. '일 그만두면 뭘 해서 먹고 살지?'라고 속으로만 되물었어요. 멋지게 사직서를 던지고 전혀 새로운 세계로 나아가는 사람들을 성대하게 환송해 주는 마음도 그런 건지 몰라요. 잘 지내, 너의 용기를 응원할게. 제발 내게 가능성을 보여 줘.

그런 멋진 사람들도 세계에는 분명히 있어요. 하지만 아침마다 눈을 뜨고 천장을 올려다보며 속이 새까맣게 타들어 가는 나 같은 사람들이 곳곳에 존재하고 있다고 믿어요. 매주 로또를 사면서 세상의 온갖 신들에게 기도하는 사람, 사무실 근처 공원에서 혼자 도시락을 먹는 시간만이 회사 생활의 유일한 낙인 사람, 회의실에서 '정신과 시간의 방'이 열리면 눈 크게 뜨고 네, 아니오 대답은 적절하게 하면서 뇌를 깨끗하게 비워 놓는 기술을 구사하는 사람……

세계 여행자나 스타트업 창업자처럼 멋지진 않지만 매일 용감하게 어디론가 출근하는 우리 말이에요.

나도 아직까지 회사를 탈출하지 못하고 있어요. 가끔 누군가에게 나쁜 사람이 아닌 그 사람 이야기를 들어 주기도 하면서요.

그리고 어느 날엔 맥주 한두 캔을 사서 핸드백 안에 넣고 지대가 높은 동네나 길 건너 오피스 타운이 화려한 한강 둔치에 가요. 해가 저물고 아직도 낯설고 영원히 낯설 도시가 천천히 어두워졌다가 다시 밝아지는 것을 바라봐요. 조그마한 빛 풍선들이 하늘로 날아가는 듯 저 환한 회사의 창문들. 누군가 그 안에서 저 빛을 소모하며 앉아 있어요. 나는 가만히 그 쓸쓸하고 기우뚱한 등을 상상해요.

그이가 행복하길 바라요.

(매일이 모험인) 출근로그

2021년 11월 30일 1판 1쇄 펴냄

지은이	유랑
펴낸이	김성규
편집	김은경 김도현
디자인	김동선
펴낸곳	걷는사람
주소	서울특별시 마포구 월드컵로 16길 51 서교자이빌 304호
전화	02 323 2602
팩스	02 323 2603
등록	2016년 11월 18일 제25100-2016-000083호
ISBN	979-11-91262-75-9
	979-11-89128-13-5 [04800] 세트